CHRISTIANE MARTINI

Tote Oma mit Schuss

[M]NORDSEEIDYLLE Auf der Halbinsel Eiderstedt hinterm Deich geht alles seinen Gang, aber für den Dorfpolizisten Hinercks herrscht gähnende Langeweile. Als vier Bayern auf der Insel ankommen, ist es mit der Langeweile jäh vorbei. Von einem auf den anderen Tag sterben plötzlich drei Menschen und irgendwie sind die Bayern immer in der Nähe. Frau Hauptkommissarin Denkewitz, die zufällig Urlaub an der Nordsee macht und in der Pension »Zur goldenen Möwe« wohnt, übernimmt zusammen mit Hinercks die Aufklärung der mysteriösen Todesfälle.

Foto: © Angelika Burckhart

Christiane Martini, geboren 1967 in Frankfurt am Main, ist Diplom-Musiklehrerin und Absolventin des Konzertexamens. Sie ist Dozentin für Blockflöte, Querflöte und Klavier, leitet mehrere Ensembles für Alte und Neue Musik und hat neben eigenen Kompositionen auch zahlreiche musikalische Lehrwerke verfasst. Christiane Martini ist nicht nur Musikerin, sondern auch als Autorin in verschiedenen Genres zu Hause. Sie lebt mit ihrem Mann und zwei Kindern in der Nähe von Frankfurt und wurde von ihrer Heimatstadt Dreieich mit einem kulturellen Förderpreis für Musik und einem Stipendium ausgezeichnet.

CHRISTIANE MARTINI

Tote Oma mit Schuss

Kriminalroman

GMEINER SPANNUNG

Besuchen Sie uns im Internet:
www.gmeiner-verlag.de

Genehmigte Lizenzausgabe für die Gmeiner-Verlag GmbH
Im Ehnried 5, 88605 Meßkirch
Telefon 07575/2095-0
info@gmeiner-verlag.de

1. Auflage 2016

Lektorat: Claudia Senghaas, Kirchardt
Herstellung: Mirjam Hecht
Umschlaggestaltung: U.O.R.G. Lutz Eberle, Stuttgart
unter Verwendung eines Fotos von: © seraph / photocase.de
und © kemai / photocase.de
Druck: GGP Media GmbH, Pößneck
Printed in Germany
ISBN 978-3-8392-1845-7

Personen und Handlung sind frei erfunden.
Ähnlichkeiten mit lebenden oder toten Personen
sind rein zufällig und nicht beabsichtigt.

Für Stephan
und Johann Christoph,
Euch beiden Waidmannsheil
und fette Beute!

KAPITEL 1

Es ist Sommer in Nordfriesland. Die Wäsche flattert frisch gewaschen im Wind, Schönwetterwolken ziehen vom Meer in Richtung Landesinneres, und die Schafe grasen träge auf den Wiesen. Genau genommen befinden wir uns auf Eiderstedt in Osterhever, gleich hinterm Deich. Die Halbinsel ist in verschiedene Köge eingeteilt, und Helge, der ziemliches Magengrummeln verspürt, ist in Norderheverkoog mit dem Fahrrad unterwegs.

Er sei ein »Ökofuzzi«, sagen die Bewohner des Koogs. Diese Bezeichnung findet Helge aber nicht zutreffend, er möchte dann schon lieber ein »Ersatzenergiefuzzi« genannt werden. Denn mit »Ersatzenergie« hat er täglich zu tun. Er produziert nämlich aus Mais wertvollen Strom. Gleich hinterm Deich hat er zwei riesige Felder gepachtet, und zwar von Heiko.

Heiko besitzt einen großen Bauernhof mit ziemlich viel Land drumherum. Den größten Teil hat er an Helge verpachtet und den anderen an Friedje. Der hat ziemlich viele Schafe.

Vom schwarzen bis zum hellen Schaf, vom am Hinterteil verschmierten bis zum glatt geschorenen, vom Lamm bis zum alten, verzottelten Bock ist jegliche Ausführung zu finden. Aber egal, wie sie aussehen, sie laufen frei herum, und alle machen den gleichen Dreck. Überall liegen sie, die stinkenden, aufgehäuften »Landminen«.

Helge ist ziemlich genervt darüber und macht oft Jagd auf die Schafe. Dann rast er mit seinem Bonanzarad kreuz und quer auf dem Deich herum, sodass der Fuchsschwanz, den er an der Stange am Gepäckträger befestigt hat, im Wind weht. Natürlich macht er dies im Slalom um die elenden Dreckhaufen herum, aber manchmal fährt er auch mittendurch, sodass die Schiete nur so spritzt.

Maulwürfe können auch hervorragend häufeln, aber die gibt es auf dem Deich zum Glück nicht auch noch. Und wenn, dann würde Helge sie eiskalt mit Gummibärchen umbringen.

Gummibärchen wirken tödlich bei Maulwürfen, das behauptet Oma Else. Sie führt eine Pension, und sie muss es wissen, denn in ihrem Alter, da weiß man, wie die Dinge laufen. Zumindest bestimmte, die für ihr Alter geeignet sind. Pärchenbildung ist vielleicht nicht mehr so ihr Ding.

Obwohl, manchmal schwoft sie mit dem alten Werner beim Lammfest auf der Bühne herum. Das geht zwar nur ganz langsam, aber die Blicke, die sich die zwei dabei zuwerfen, sprechen von ziemlicher Vertrautheit. Na, hier wollen wir aber mal nicht weiter drauf herumreiten, vielleicht kommt das noch später.

Apropos reiten, geritten wird hier in Nordfriesland natürlich viel. Es gibt jede Menge Pferde. Auch Heiko hat welche, und auf denen dürfen seine Feriengäste reiten. Derzeit hat er vier Gäste, und da er nur eine Ferienwohnung hat, ist er also ausgebucht. Man kann es kaum glauben, aber es sind vier junge Bazis, die sich an die Küste verirrt haben.

Heiko hat ein bisschen Schwierigkeiten gehabt, den einen von ihnen am Telefon zu verstehen. Sie wollten das Wochenende an der Nordsee verbringen, so viel war klar. Und proben wollten sie, denn sie spielen in einer Band, Gevatter Blechschuss heißen die.

Heiko bekam ihre Anfrage ganz kurzfristig. Es war fünf, und er saß gerade beim Abendbrot. Er und seine Frau Inge essen immer so früh. Um sieben gibt's Frühstück, um elf gibt's Mittag, und um fünf gibt's Abendbrot, und daran ist nicht zu rütteln. Das ist Gesetz, das war schon immer so. Vererbt sozusagen von den Eltern. Wer außerhalb der

Zeiten was will, ist gerne gesehen und wird angehört, aber eine Störung beim »heiligen Mahl«, das geht eigentlich gar nicht. Doch in diesem Fall hat Heiko eine Ausnahme gemacht, weil er einen Anruf von Inge erwartete, die in Husum mit der Schwiegermama beim Arzt war.

»Grüß Gott«, hörte er am anderen Ende eine Stimme.

»Moin«, sagte Heiko nur, weil er überrascht und genervt zugleich war, denn das war nicht seine Inge und bestimmt auch nicht der Arzt.

»Ja, tut mir leid, ist's noch so früh bei euch da oben? Ja, soll ich dann vielleicht nochemol anrufen?«

»Wat wollen Sie denn?«, keifte Heiko nun völlig entnervt in den Hörer, denn der Duft seiner Wirsingsuppe drang in seine Nase, und der Teller wollte leer gelöffelt werden.

»Jo mei, mir san vier Buam aus Bayern und mir wolln a Ferienwohnung fürs kommende Wochenend, so von Freitag bis Sonntag.«

»Kommendes Wochenende« und »Ferienwohnung« hatte Heiko verstanden, den Rest nicht. Sein Blick streifte den Ferienkalender, und tatsächlich war an diesem Wochenende noch was frei.

»Dat geht klar«, sagte er, »da is noch wat frei. Zehn Uhr is Ankunft und wieder Abfahrtszeit, daran halten Sie sich bitteschön. Vor der Zeit ankommen geht nicht, wir haben nämlich Bettenwechsel, und vor zehn sind wir nicht fertig.«

Heiko hatte nun den Löffel in die Suppe getunkt und den Duft direkt unter der Nase. Er wollte, er musste jetzt seine Suppe essen, sonst würde er grantig werden. Aber natürlich durfte er keinen Gast vergraulen, das hat seine Inge angeordnet, und die würde sonst fuchsteufelswild werden. Da er ihre Pantoffeln schon hat fliegen sehen, wollte er dies unter allen Umständen vermeiden.

»Ham Sie auch einen Namen?«, fragte er so freundlich, wie es ging.

»Jo, freilich, I bin der Schleuser Berti.«

»Is gut«, meinte Heiko, »hab's notiert. Bis Freitag.«

»Jo, freilich, grüaß di Gott und pfiat di«, sagte Berti am anderen Ende. Aber bevor er noch etwas sagen konnte, hatte Heiko bereits aufgelegt und sich den Löffel Suppe in den Mund geschoben. Eigentlich hätte er ihn am liebsten wieder ausgespuckt, denn die Suppe war jetzt kalt, und Wirsingsuppe musste nun mal heiß sein.

Entnervt ging Heiko in die Küche und schüttete die Suppe zurück, um sie wieder aufzuwärmen.

Als er sich erneut einen Teller auftun wollte, klingelte wieder das Telefon. Diesmal musste der-

oder diejenige einen Moment warten. Um keine Zeit zu verlieren, schöpfte sich Heiko ein paar Löffel Suppe direkt aus dem Topf in den Mund. Hmm, wie das schmeckte! Und spritzte und kleckerte. Aber egal, niemand hatte es gesehen. Oder doch?

Wer spazierte denn da an seinem Küchenfenster vorbei und schaute ihm beim letzten Löffel direkt ins Gesicht? Den Mann kannte er nicht. Komisches Outfit hatte der Mann, ganz in Grün war er gekleidet.

»Pfui, essen alle Friesen hier so widerlich?«, empörte er sich und war im gleichen Moment am Fenster vorbeigeschritten.

Heiko schämte sich einen Moment, weil er die Tropfen an seinem Kinn spürte. Aber dann musste er lauthals lachen und steckte sich noch zwei weitere Löffel voll Suppe in den Mund, dass es nur so spritzte. Schon lange hatte es nicht mehr so viel Spaß gemacht, Wirsingsuppe zu essen. Aber dann bemerkte er den andauernden Klingelton. Solch eine Ausdauer konnte nur seine Inge haben. Er musste sich eine gute Ausrede einfallen lassen, sonst würde sie böse werden. Die Post! Er würde einfach sagen, der Briefträger wäre da gewesen und hätte ihn in ein Gespräch verwickelt. Gesagt, getan. Und die Spuren der Suppenkasperei entfernte er natürlich.

Wenig später schloss er seine Inge lächelnd in die Arme. Zu viel Freundlichkeit durfte aber nicht sein, sonst würde sie misstrauisch werden.

»War wat?«, sie schaute ihn forschend an.

»Nö«, meinte Heiko vielleicht etwas zu schroff, aber damit war der übliche Umgangston wiederhergestellt.

Auch Oma Elses Pension *Zur goldenen Möwe* ist ausgebucht. Was an der Pension golden ist, weiß eigentlich keiner so genau, aber das Schild sieht sehr hübsch aus, goldene Möwe eben. Derzeit verweilt bei Else eine junge Frau. Sie hat außergewöhnlich schöne Beine, das ist auch Oma Elses Blick nicht entgangen, obwohl sie sich eigentlich für solchen nackten Firlefanz nicht interessiert, zumindest nicht in der Öffentlichkeit.

Mit ihren langen Beinen, die die junge Frau mit kurzen Röcken oder Hotpants und High Heels zur Schau trägt, sieht sie echt klasse aus. Das sagt Werner. »Aber die Krasseste bist du«, hat er Else ins Ohr geflüstert und dabei seine Hand auf ihren runden Po gelegt, als er ihren entrüsteten Blick sah. Sie errötete, was sie nicht so schnell tat, und schenkte ihm einen vielsagenden Blick. Das ist gestern gewesen, als er kurz auf ein Bierchen hereingeschaut hatte.

Oma Else ist gerade auf dem Weg in die Küche, um das Frühstück, Kaffee, Brötchen und ein gekochtes Ei an Tisch zwei zu bringen. Dort sitzt ein in Grün gekleideter, wortkarger Mann. Er hat neben seinem Teller ein Buch über Vögel liegen und scheint sich für Watttiere zu interessieren.

Als Oma Else ihm nun das Frühstück serviert, schaut er kurz auf.

»Wann kommt denn die Flut, meine Gnädigste?«

»Gnädigste« hatte Else noch keinen sagen hören. Das ist wohl ein feiner Pinkel, den sie hier wohnen lässt.

Na, wat soll's?, denkt sie. Und dann sagt sie: »Es gibt da den Gezeitenkalender. Ich bring Ihnen den gleich. Wollen Sie ins Watt?«

Der Mann mit dem langweiligen Namen Helmut Gruber hat nun bereits wieder sein Vogelbuch zur Hand genommen und antwortet nur mit einem Brummen. Auch als Oma Else ihm den Kalender bringt, gibt er nicht mehr als ein »Danke« von sich.

Seltsamerweise interessiert er sich nicht im Geringsten für die Frau mit den langen Beinen, Lisa Denkewitz, an Tisch eins. Sie würde sich aber alsbald für ihn interessieren, das wissen beide jedoch zu diesem Zeitpunkt noch nicht.

An Tisch drei der kleinen Frühstückspension *Zur goldenen Möwe* sitzt noch keiner, dort wird aber in den nächsten Tagen Peter Großmann, Akquisiteur eines Windkraftunternehmens, sitzen. Allerdings nicht für lange Zeit.

Die Frühstückspension bietet neben der Möglichkeit, dort zu übernachten, auch die Gelegenheit, bei kalten oder warmen Getränken zu plauschen, zu tratschen und natürlich zu lästern ... Gesprächs- und Zündstoff gibt es hinterm Deich wahrlich genug. Auch süße Kleinigkeiten wie rote Grütze, Blaubeerpfannkuchen und Friesenschmarrn bietet Oma Else an.

Helge ist nun direkt auf dem Weg *Zur Goldenen Möwe*. Er kehrt fast täglich auf ein oder zwei oder auch mehr Gläschen Korn dort ein. Eines seiner Lieblingsgetränke, das er sich vor achtzehn Uhr gerne schmecken lässt, ist Tote Oma. Eigentlich gibt es in Friesland Kaffee mit Schuss und Schlagsahne, und den nennt man Tote Tante, aber alle, die bei Else einkehren, nennen das herrliche Kaffeegesöff Tote Oma. Oma Else ist das egal, für sie ist die Hauptsache, dass der Umsatz stimmt.

Helge ist gerne mit seinem Bonanzarad unterwegs. Das macht er so oft wie möglich, um Benzin zu sparen. Er fährt gerade die Einfahrt hinauf, als ein Auto an ihm vorbeibrettert und mit quietschenden Reifen vor der Pension zum Stehen kommt.

Wer steigt aus? Natürlich Hinercks. Er ist der Dorfpolizist von Norderheverkoog.

KAPITEL 2

»Moin, Hinercks, wohl zu viel getrunken, wat?«, ruft Helge säuerlich aus der Entfernung.

»Nö, hab doch heute dienstfrei. Aber zu diesem Zweck bin ich jetzt gekommen«, erwidert Hinercks aus seinem Autofenster heraus. Er steigt grinsend aus seiner alten Nuckelpinne, einem VW Polo, und Helge fährt mit seinem Bonanzarad vor.

Helge bremst so geschickt, dass sich das Fahrrad querstellt und viele kleine Steinchen, die eigentlich fein säuberlich auf dem Boden herumliegen, um den Weg zu zieren, auf Hinercks Füße regnen.

»Mensch, Helge, pass doch auf, sonst …«, entrüstet sich Hinercks.

»Na, wat sonst?«, fällt Helge ihm ins Wort. Helge hat Hunger, und immer wenn sein Magen leer ist, wird er streitsüchtig. Das lässt sich dann nur durch Nahrungsaufnahme bekämpfen. »Bekomme ich jetzt ein Verwarnungsgeld wegen falsch bremsen, oder wat?«, meint er bissig.

»Na, nu is aber gut, Helge. Meine Laune is heute auch nicht die beste. Komm, wir trinken ’ne Tote Oma. ’nen Toten könnt ich echt mal wieder gut gebrauchen. Es ist ja nur tote Hose, was hier abgeht. So ’n richtiger Fall, das wär doch mal was. Aber es klaut ja noch nicht ma einer ’n Fahrrad oder ’n Schaf. Das einzig Ereignisreiche war der Blitzeinschlag bei Albert, unserm Doktor, vor einer Woche. Das Feuer war echt klasse, aber das war leider nicht in meinem Zuständigkeitsbereich, und da niemand zu Tode kam, ist die Sache an mir vorbeigegangen. Schwups, weg war sie.«

»Sei froh, sonst hättest du ’nen Bericht schreiben müssen.«

»Den hätt ich glatt in Kauf genommen. Die Langeweile jeden Tag ist schlimmer, als du dir vorstellen kannst.«

Helge nickt verständnisvoll.

»Tut mir aber echt leid, dass dem Doktor sein Reetdach abgebrannt ist.«

»Nächste Woche bekommt der ’n Neues.«

»Ach ja?«

»Ja«, sagte Helge forsch.

»Komm, wir gehen rein«, sagt Hinercks.

»Geh du voran.«

»Is gut.«

Hinercks zieht seine Jacke straff, nimmt Haltung an und geht wie ein stolzer Gockel in Oma Elses Pension. Seine Jacke ist grün und arg abgetragen. Jeder hinterm Deich kennt Hinercks so, und er nimmt den ollen Kram in Kauf. Olle Jacke, olles Auto, olle Waffe.

Aber als er nun das unbekannte Fräulein dort am Fenster sitzen sieht, deren Beine kaum enden wollen, hätte er am liebsten kehrtgemacht.

Aber Helge schiebt Hinercks vor sich her. »Da am Tresen ist noch wat frei, komm.«

Hinercks eilt schnurstracks zum Tresen und setzt sich sofort, damit ihn das Fräulein erst gar nicht mustern kann. Er dreht sich auch nicht nach ihr um.

»Na, du hast's ja eilig, Hinercks«, meint Else. »Alles klar mit dir?«

»Jo«, sagt Hinercks und versucht, sich etwas zu entspannen.

»Wat soll's denn sein?«, fragt Else. »Wie immer?«

Hinercks gibt keine Antwort. Es ist ihm peinlich, wie sonst einen Korn zu bestellen. *Wat denkt denn dann dat schöne Frollein von mir?*, geht es ihm durch den Kopf. *Bulle trinkt im Dienst. Die weiß ja nich, dass ich heut dienstfrei habe.*

Helge knufft ihn in die Seite. »He, Hinercks, nimmst du auch 'ne Tote Oma mit Schuss?«

»Nööö«, meint Hinercks wie aus der Pistole geschossen und zieht dabei das »ö« ganz lang. »Höchstens mit einem Schüsschen. Und bring mir 'ne kalte Milch dazu.«

»Kalte Milch?«, fragt Helge in einem Ton, als wollte man andeuten, dass der andere nicht ganz richtig im Kopf ist.

»Jo«, meint Hinercks, etwas übertrieben euphorisch. »Milch ist überaus gesund, da ist viel Kalzium drinne, das ist gut für die Knochen.«

»Schon klar, Hinercks. Aber wat hast du denn mit den Knochen? Bist doch fit wie 'n Turnschuh.«

»Jo, da haste recht.«

»Erzähl mal, Hinercks, gibt's was Neues bei dir?«, fragt Helge. Er weiß, dass das ein heikles Thema ist, aber er will testen, ob bei Hinercks noch alles knusper ist. Und das ist es. Denn bei dieser Frage sackt Hinercks augenblicklich in sich zusammen und schnauft frustriert.

»Ach ja«, meint er nur.

»Ach ja«, stöhnt nun auch Helge mitleidsvoll, froh, den alten Hinercks wiederzuhaben.

»Hier kommen die Tote Oma mit Schüsschen und die Milch.« Else stellt ein großes Glas Milch direkt vor Hinercks hin.

»Wat soll's?«, meint er nun. »Gesundheit hin

oder her, bring mir noch ’nen Klaren.« Diese Bestellung flüstert er so leise, dass Oma Else ihn nicht richtig versteht.

»Wat willste, Hinercks?«, blökt sie, etwas zu laut vielleicht. »Sach ma.«

»Bring mir noch ’n Korn, wenn’s geht.«

»’n Korn, na klar. Also doch wie immer.«

Hinercks könnte im Boden versinken. Ach was, soll die Dame mit den Beinen doch denken, was sie will. Er hat ganz andere Probleme.

»Haste aber Glück, Hinercks, hab vorhin ’ne Lieferung bekommen. Lauter frische Körnchen. Klingt doch auch gesund, oder? Wenn de zwei nimmst, isses ’n Vollkorn, und das is noch gesünder.« Else grinst und schiebt ihm einen Korn rüber. »Willste noch ’n Glas dazu?«

»Nö, geht so.«

»Na dann, wohl bekomm’s!«

»Wat isn dir heute auf den Magen geschlagen? Haste wat schwer Verdauliches gegessen?«, fragt Helge Hinercks so von der Seite.

»Nö, ist nur die pure Langeweile. Is ja nix los hier bei uns hinterm Deich. Kaum Verkehrssünder, außer vielleicht mal ’n Touri. Aber da stehste Stunde um Stunde hinterm Busch, und jedes Auto, das dahergefahren kommt, feuerst du innerlich an: schneller, schneller, nur weil de denkst, der rast mit hundert Sachen in die Radarkontrolle hinein. Das ist auf die Dauer blöde. Gestern habe ich sogar laut gerufen, weil ich dachte, gleich habe ich ihn, aber dann hat der plötzlich abgebremst. Wieso, weiß ich auch nicht, vielleicht hat der ja mein tolles Blitzgerät gesehen. Betrunkene Fahrer, die mal in mein super Röhrchen blasen könnten, gibt's auch nicht. Dat Ding is noch wie neu, hab's noch nicht mal ausgepackt. Neulich dacht ich, ich probier's mal selber aus, aber dann kam ich mir doch zu blöde vor und hab's gelassen.«

»Ach, Hinercks, dat wird schon mit deinem großen Fall«, versucht Helge, ihn zu trösten.

»Wat? Dat mit dem Toten?«

»Ja – ich meine natürlich, nö. Ich meine eigentlich nur dat mit deiner Langeweile. Du musst sie nur zu bekämpfen wissen. Vielleicht lieste ma wat.«

»Wat soll ich denn da lesen? So viel kannste gar nicht lesen, was ich mich langweilen tu.«

»Wie wär's mit 'nem Kochbuch?«

Hinercks kommt für einen Moment ins Grübeln.

»Dat wär gar nicht so abwegig«, sagt er, »aber dann bekomm ich Hunger, und dat tut meiner Figur nicht gut. Du kennst doch Frauke, die mag mich nicht mit zu viel Bauch.«

»Wieso? Die hat doch auch einen.«

»He, werd nur nich frech! Sag nix gegen meine

Frauke, die hat 'ne tolle Figur! Die hat höchstens ein Bäuchlein.«

»Ach so, na gut«, sagt Helge und kann sich das Grinsen nicht verkneifen, denn Frauke hat in seinen Augen mehr als ein sehr ausgeprägtes Bäuchlein. Und blind ist er nun wirklich nicht. Er weiß genau, was schick ist. Zum Beispiel die junge Frau, die da am Fenster sitzt. Aber wo ist die eigentlich?

»Suchst du die Nacktbeinige?«, fragt Else und erschreckt Helge. Er zuckt zusammen und schmeißt dabei fast Hinercks Milch um.

»Nö ... also, äh ... nicht direkt. Ich dacht nur, ich schau ma, ob die da noch sitzen tut.«

»Tut sie nicht«, meint Else. »Aber die kommt wieder.«

»Ja, ist schon gut«, meint Helge leicht genervt. »Irgendwie ist heute nicht so viel los bei dir, oder?«

»Jo, da haste recht. Leider! So 'n Bus mit 'ner ganzen Truppe Touris, das wär mal 'ne Maßnahme. Würde meinem Umsatz echt guttun. Wenn's nicht besser wird, mach ich mich vom Acker.«

»Waaas?«, empören sich Hinercks und Helge wie aus einem Mund.

»Aber Else, du gehörst doch hierhin wie der Wurm ins Watt.«

»Na, danke für den Vergleich.«

»Sorry, du weißt doch, wie ich's meine, äh ...«

»Nööö«, stellt sich Else doof und zieht das »ö« ganz lang. Dabei schaut sie Helge nun fragend an und ist gespannt, wie er sich aus der Situation retten wird.

»Also, Else«, beginnt Helge, »du gehörst hierhin wie …« Er macht eine Gedankenpause.

»Na, wie?«, fragt Else.

»Nun ja, wie das Schaf auf die Wiese eben. Ach Else, nun mach es mir doch nicht so schwer.«

»Schon gut«, sagt sie und tut entrüstet, »eben wie 'ne olle Robbe auf ihre Sandbank, willste sagen.«

»Nein, Else, dat wollt ich nicht.«

»Ist doch schon gut«, lacht Else, »kommt, Jungs, wir trinken noch 'n Korn.«

»Dagegen ist nichts einzuwenden. Aber du bleibst hier bei uns in Osterhever«, meint Helge.

»Nö«, meint Else, »ich bin zu alt, um hier von der Hand in den Mund zu leben. Ich esse schon jeden Tag die Reste. Aber ewig rote Grütze und dergleichen aufzuessen, weil keiner kommt? Dat geht nicht, und dat will ich auch nicht. Morgen kommt so 'n Landakquisiteur, der will sich hier mal umschauen. Wenn der mein Haus und dat Drumherum kaufen will, und der tut gut zahlen, dann nehme ich wohl an. Dann zieh ich nach Husum, da gibt's so 'n First-Class-Altenwohnstift in der Nähe vom Schloss. Dat tät mir echt gefallen.«

»Wat willste denn da versauern? Dat tut dir nicht gut«, sagt nun auch Hinercks.

»Jungs, lasst uns einen heben. Auf dat Gute, wat da kommt.«

»Auf dat, wat da kommt«, sagt Helge und runzelt die Stirn.

»Auf dat Leben und seine Überraschungen«, sagt Hinercks und kippt den Korn auf ex hinunter.

KAPITEL 3

Gestern hat Gruber viel geschlafen, die Nordseeluft scheint ihn müde zu machen.

»Dat is die Luftumstellung«, hat Oma Else gemeint, als er vor lauter Gähnerei beim Frühstück fast eine Maulsperre bekommen hat. Darauf ist Gruber aber gar nicht eingegangen, sondern hat tapfer in sein Vogelbuch geschaut. Er wollte was über Seevögel lernen, hat er sich vorgenommen. Und wenn er schon mal an der See war, dann war das doch die Gelegenheit dafür.

Nachdem der gestrige Tag mit Schlafen, Gähnen, Lesen, Gähnen, Essen, Gähnen, Schlafen, Lesen, Gähnen und so weiter, und so weiter dahingegangen ist, will er heute das Gelernte entdecken.

Helmut Gruber steht nun im Watt. Seine nackten Füße haben ihn durch das matschige Zeug bis zum Meer getragen. Die grünen Hosen hat er sich hochgekrempelt, ebenso die Ärmel seines grünen Hemdes.

An der Nordsee ist es kalt, hat man ihm daheim gesagt, deswegen hat er auch nur warme Sachen dabei. Auf seine Lodenjacke, die er beim Jagen gerne trägt, hat er verzichtet, aber die grüne Wachsjacke, die ist mitgekommen. Eigentlich haben seine Freizeitklamotten fast alle die Farbe Grün, so ein mattes, langweiliges Grün, damit die lieben Rehe und Wildschweinchen den Jäger bloß nicht sehen können. Ja, ja, so ganz in Grün ist man gut getarnt, da im Teutoburger Wald.

Aber eigentlich ist das mit der Tarnung ganz unwichtig, und dem Wild ist es völlig egal, ob der Jäger Grün trägt. Die sind nämlich farbenblind, die lieben Tierchen. Also könnte der Jägersmann auch in Rot auftreten. Aber das machen die nicht. Schon komisch, die Angler tragen auch Grün, und die Fische können nun wirklich nicht sehen, ob da einer am Ufer sitzt. Vielleicht tarnen sich die Jäger und Angler ja nur, weil sie untereinander nicht gesehen werden wollen …

Aber hier an der Nordsee, da fliegt die grüne Tarnung auf. Jeder, dem Gruber begegnet, runzelt die Stirn. Die denken sicher: *Ach ja, so 'n Touri* oder *Ho, ho, ein Jäger! Wie hat denn der sich hierher verirrt? Ab ins Feld mit dir, schlag dich in die Büsche, oder geh doch in den Wald nach Sankt Peter-Ording. Aber hier im Watt, da kannste nun wirklich nichts ausrichten. Man sieht dich, schlechte Tarnung.*

Nur wie soll man sich denn tarnen? Vielleicht in Ringeln, wegen der Leuchttürme. Aber ein Mann in roten Streifen sieht doch komisch aus. Und für wen auch? Kein Fisch ist in Sicht, kein Krebslein. Nix Schießbares. Aber deshalb ist Gruber ja auch nicht an die Nordsee gefahren.

Gruber will entspannen, von der Arbeit, seinen Kollegen und auch von seinen Jagdkumpanen. Derzeit gibt es da echt nur Probleme, weil eine blöde Naturschutzorganisation so viel Wald bei ihnen daheim aufkauft. Bald ist kein Bereich mehr da, in dem er so richtig nach Herzenslust jagen kann. Gruber ist arg frustriert darüber, denn er jagt schon lange und immer im gleichen Wald. Da hat er seine Jagdbeteiligung.

Manchmal hilft er auch, Hochsitze zu bauen. Gemeinsamkeit im Wald und dann nach erfolgter Jagd ein *Halalichen* blasen, ach, ist das schön. Nein, für Gruber gibt es nichts Schöneres. Wenn da nur nicht diese blöden Naturschutzheinis wären.

Gruber mag es, allein zu sein. Obwohl er sich im Wald eigentlich nie allein vorkommt. Auch wenn er die Tiere nicht immer zu Gesicht bekommt, so weiß er doch, dass sie alle da sind.

Hier im Watt stapft er nun ziellos herum, hier

gibt es keine Bäume, keine Büschlein. Hier gibt es auch Tiere, schon, aber Wattwürmer, bitte schön, die findet er nun wirklich nicht interessant. Die Würmer sind zu aufdringlich und too much, die hinterlassen überall ihre Spuren, das sind diese kleinen, unappetitlich gedrehten Häufchen. Na ja, und dann sind da noch die Möwen und die Austernfischer, deren Namen hat er aus dem Vogelbuch. Den Singsang von denen findet er sogar ganz ansprechend.

Auch wenn hier im Watt kein Baum ist, so fühlt er sich trotzdem recht wohl, denn es ist weit und breit kein Mensch zu sehen. Niemand, der ihn nervig von der Seite anquatschen könnte wie die Oma aus der Pension. Also, die geht ihm echt auf den Wecker. Gruber dreht sich noch einmal um, weil er auf Nummer sicher gehen will, dass da auch von hinten keiner anmarschiert kommt.

Die Sonne blendet ihn. Das Meer glitzert im gleißenden Licht, und viele kleine Lichtblitze hüpfen auf den Wellen umher. Aber irgendetwas nähert sich doch da am Meeresrand. Unverkennbar ist da etwas, eine Lichtgestalt. Beim Näherkommen erkennt Gruber einen Mann. Er stapft am Meeressaum daher und kommt direkt auf ihn zu. Das ist aber auch kein Wunder, denn Gruber steht ja dort, wo das Wasser anlandet. Jetzt will er am liebsten kehrtmachen und verschwinden. Aber im Watt kann er nicht schnell genug davoneilen. Außerdem ist es eklig und eine ziemliche Wutzerei, wenn man schnell durch das schlickige Watt stapft. Das spritzt, und dann bekommt die schöne grüne Hose noch Flecken. Aber wohin flüchten? Verstecken hinter irgendwelchen Hecken ist nicht.

»Vielleicht zweigt der ja ab«, hofft Gruber und stapft ein paar Schritte weiter. Der Schlick schmatzt zwischen seinen Zehen hindurch. Das findet er schrecklich eklig. Der Mann nähert sich, das spürt Gruber.

»Hallöchen«, ruft er nun. Gruber zuckt zusammen. Kann es sein …? Nein, absolut unmöglich! Das gibt es nicht. Nicht in seinen schlimmsten Träumen. Nicht hier, nicht hier in seinem Urlaub, nicht hier im Watt.

»Nein«, ruft Gruber innerlich und dreht sich hektisch um. Fast hätte er sich dabei den Knöchel verdreht.

Aber es ist doch wahr. Da steht es, das Monstrum von einem Mann, dessen Bräune im Sonnenlicht blendet und dessen rote Haare wie Feuer lodern. Dieses schiefe, süffisante Grinsen, diese hohe, unmännliche, unverkennbare Stimme. Der Teufel in Menschengestalt. Gruber möchte ein paar Schritte zurückgehen, aber er kommt nicht von der Stelle. Er ist in einer Schockstarre sozusagen. Angst überkommt ihn, Verachtung, Gänsehaut. Aber dann, dann schreitet er plötzlich tapfer auf den Feuerteufel los. Bevor er weiß, wie ihm geschieht, packt Gruber ihn an den Schultern und schubst ihn. Das Überraschungsmoment ist auf seiner Seite.

Der Typ stammelt was von: »Nun machen Sie doch mal halblang, was soll das denn? Wir kennen uns doch.«

Das weiß Gruber wohl, und genau deshalb ist er ja so wütend auf ihn. Aber dazu braucht er keine Worte. Er braucht nur seine Kraft und seine Fäuste. Er ballert dem Mann eine gegen die Schulter, er taumelt überrascht und blickt Gruber erstaunt an. Doch bevor er was sagen kann, pfeffert ihm Gruber seine Faust gegen das Jochbein, und nun verändert sich der Gesichtsausdruck des Mannes. Er beginnt, sich zu wehren, und erwidert einen Schlag mit der Faust, allerdings kann Gruber geschickt ausweichen und nutzt die Situation, indem er mit einem Schlag von unten ausholt und den Mann am Kinn trifft.

Das kann er gut, das hat er schon oft geübt. Ist zwar schon ein paar Jährchen her, aber das ist so drin in ihm, der Bewegungsablauf. Den kann er im Schlaf. Und er hat Erfolg damit, denn der Mann verliert augenblicklich die Kontrolle über sich und seinen Körper. Er fällt einfach so rücklings um. Gruber hat die Fäuste noch immer geballt, er ist kampfbereit, aber der Mann bleibt liegen, sein Kopf versinkt langsam im Watt. Gruber schaut seine Hand an.

Ist doch nur 'ne Faust, denkt er, *nicht so 'n Hammerwerkzeug wie bei den Klitschko-Brüdern.* Dennoch bewegt sich der Mann nicht. *Den hab ich getroffen, aber das geschieht ihm recht*, denkt Gruber. »Dann schlaf mal schön, und lauf mir bloß nicht mehr über den Weg, du armes Naturheiniwürstchen«, raunzt er den schweigsamen Mann an. Dann dreht sich Gruber um und stapft davon. Den Mann lässt er im Watt liegen. *Soll er sich doch selber helfen.*

KAPITEL 4

»Berti, I komm mir ja doch ’n bisserl blöd vor, so in dieser Hose.«

»Ja mei, das ist eben der letzte Schrei, da bei uns in Kempten. Nu steh doch dazu, siehst fei fesch aus.«

»Also I find se bisserl knapp«, empört sich Hansi.

»Is scho a heißes Hösle«, meint Matthis, hebt die Arme und schiebt das Becken nach rechts und links, so, wie es Andreas Gabalier so schön kann. Und dazu singt er dann noch das Anbaggerlied von dem hübschen Kerl.

Die drei verbleibenden Bazis fangen ebenfalls an, dazu zu singen und mit den Hüften zu wackeln. Dann schauen sich die vier an, und nun überkommt sie ein Lachanfall, der kommt wie ’ne Welle, nee, eigentlich mehr wie ein Tsunami. Dabei schmeißt sich Ernst rücklings auf die Couch, Matthis lässt sich auf den Stuhl sacken, Hansi haut sich auf die Oberschenkel und geht in die Knie und Berti lehnt sich schräg an die Wand und reibt sich die Lachtränen aus den Augen.

Die Hose ist alles andere als knapp, mehr so Turnvater-Jahn-mäßig. Es handelt sich um eine Badehose, die den Schnitt einer Krachledernen hat, nur dass sie nicht aus Leder, sondern aus Mikrofaser ist. Die Nähte sind aufgedruckt, sie ist wasserabweisend und schnell trocknend.

»Ein fantastisches Material«, hat Bertis Oma gesagt, als er sich von ihr verabschiedet hat. »So was Schönes könnt ich auch mal gebrauchen.« Berti hat ihr nicht gesagt, um welches Corpus Delicti es sich handelt, er hat sie nur fühlen und bewerten lassen, um bei seinen Freunden mit seiner Oma punkten zu können. Sie ist nämlich mal Näherin gewesen und hat wohl schon jede Art von Stoff in der Hand gehabt. Das weiß er zwar nicht genau, aber das würde er sagen, falls es Widerstand geben sollte. Aber die Jungs behalten die Hosen tapfer an.

Berti hat die Hosen aus Gaudi gekauft, so als Überraschung für die Jungs. Sie wollen sich an der Nordsee entspannen und nicht alles so bierernst nehmen.

Die vier spielen in einer echt guten Blasmusikformation zusammen. Sie machen richtig bayrische Musik, so mit Blech, also Tuba, Trompete, Posaune, und Berti spielt Quetschkommode in jeder Größe und jeder Art. Das hat ihm sein Opa beigebracht, der Mann von seiner nähenden Oma.

Das gemeinsame Spielen macht Spaß, gute Laune, und die Lautstärke kommt prima rüber. Die vier haben jede Menge Fans, und ihre Konzerte sind für die nächsten Wochen ausgebucht. Da sie ein paar neue Stücke in ihr Programm aufgenommen haben, die Berti für die Gevatter Blechschuss, wie sie ja heißen, arrangiert hat, müssen diese noch geübt werden. »Desdawegen« hatte Berti die Idee für das Probenwochenende. Und weil man sie in Bayern und Umland so gut kennt, hat sich Berti gedacht, gehen sie eben dahin, wo keiner weiß, wer sie sind, nämlich an die Küste.

Die Ostsee soll rau sein, und da gibt es nicht ganz so tolles Watt, aber darauf hat Berti es abgesehen. Er will im Watt proben. Da, wo keiner ist, außer den kleinen Wattbewohnern und Möwen natürlich.

Also! Nachdem sich die vier Bazis nach ihrer Lachattacke wieder eingekriegt haben, schnappen sie sich ihre Instrumente und ihre grauen Sepplhüte und radeln los. Sie müssen ungefähr fünf Minuten am Deich entlangfahren, dann kommen sie zu einer super Wattstelle. Das hat Heiko gesagt, und er hat ihnen auch die Fahrräder gegeben.

Das sind so olle Dinger, viel zu niedrig und ohne Gangschaltung. Aber die vier Bazis finden sie klasse. Daheim wird auf Mountainbikes durch die Gegend gerast. Aber hier geht es eben langsamer und beschaulicher zu.

Da sie nun im Slalom um die Hinterlassenschaften der Schafe herumfahren müssen, wäre es ohnehin nicht viel schneller gegangen. Sie pfeifen sich eins und machen Country Viewing.

»Ja mei, is es hier scheeeeee.«

»Jo, nur die Berge sind net da.«

»Stell dir eben vor, die sind hinter einem Nebelschleier.«

»Da ist aber kein Nebelschleier, wir haben blauesten Himmel.«

»Mir fehlen die Berge«, meint der Ernst.

»Nun wein doch nicht gleich«, meint Berti.

Ernst schneidet Berti mit dem Fahrrad wegen seiner Bemerkung. Berti muss ausweichen und den Deich ein bisschen hinauffahren. Dabei flucht er, weil er fast gegen ein Schaf gefahren wäre, das sich dort sonnt. Hätte ja auch wie die anderen aufspringen und ausweichen können. Aber nein. Selbst bei Schafen gibt es Sturköpfe. Obwohl das ja bekannt ist. Ernst lacht, und auch Berti lacht und überlegt nun, wie er es Ernst heimzahlen kann.

Wart's nur ab, kommt noch, denkt er.

Keine zwei Minuten später geht ein Weg schräg

den Deich hinauf und auf der anderen Seite wieder hinunter.

»Dann noch so drei Minuten radeln, dann kommt ein Tor. Da müsst ihr durch. Und denkt daran, das muss wieder geschlossen werden«, hat ihnen Heiko als Hinweis mit auf den Weg gegeben.

Die vier denken daran. Sie bremsen vorm Tor wie die Irren, steigen ab, Tor auf, Tor zu, und dann legen sie die Räder am Deich ab.

»Mei, hier ist es aber wirklich hübsch«, sagt Matthis.

»Jo, da haste fei recht«, meint Hansi, und auch Berti stimmt ihm zu.

»Aber keine Berge sind da«, nörgelt Ernst und fängt sich einen strafenden Blick von Berti ein.

Genau so hat er sich das nämlich vorgestellt. Unendliche Weite, und kaum ein Wölkchen ist zu sehen. Das Watt ist breit und das Meer weit weg.

»Also gut«, meint Hansi, »wie hast du dir das denn jetzt gedacht, Berti?«

»Ja mei, passts auf. Wir machen unsere Koffer an den Rädern fest und gehen mit unseren Instrumenten raus ins Watt.«

»Aber net ganz bis zum Meer?«

Berti schaut hinaus zum Meer.

»Na, net ganz so weit. Das is scho klar. Mir ham ja auch auflaufende Flut. Hat der Heiko gesagt.

Also, da dürfe ma net zu weit raus. Jetzt lassts uns halt einfach mal losgehen. Los, auf, kimmts mit.«

Gesagt, getan. Die vier schließen die Räder ab und machen ihre Instrumentenkästen daran fest. Dann stapfen sie in ihren feschen Badehosen los, Hansi mit T-Shirt, weil er so eine blasse Haut hat und sich nicht verbrennen möchte. Die anderen drei sind dick eingeschmiert, viel zu dick, man könnt meinen, sie haben eine zweite Haut aufgelegt, sie sieht so weiß und schmierig aus.

Nun gut. Die vier klettern geschickt die großen Steine am Wegesrand hinunter zum Watt. Der Steinstreifen ist ungefähr zwei Meter breit. Dann stehen sie auf hartem Sand.

»Ja, das ist ja ganz fest, das Watt, das habe ich gar nicht gedacht«, meint Ernst und schreitet voran. Allerdings verlangsamt er nach wenigen Metern sein Tempo, denn jetzt gibt es doch ganz schön nach, das Watt. Es ist in manchen Bereichen richtig schlickig, merken nun auch die anderen Jungs. Hansi bleibt als Erster stehen.

»Hier ist es schee, hier bleibe mir.«

Die drei anderen halten an und drehen sich um.

»Hier ist es so schee wie da drüben«, meinen Matthis und Ernst zugleich, dabei zeigt der eine nach links und der andere nach rechts. Aber Berti zeigt nach vorne.

»Kommt, Jungs, da vorne ist so 'n kleiner Tümpel, der glitzert so schön im Sonnenlicht, lassts uns dahin stellen.«

Die drei schauen sich an und nicken, nur Hansi zieht die Mundwinkel zu einer Fleppe, sagt aber nichts. Ob hier oder da spielt tatsächlich keine Rolle, nur das eklige Gestapfe durch das rutschige Watt ist lästig.

Berti denkt sich aber: *Das ist gut für mein Großzehgelenk*. Manchmal, eigentlich fast täglich, hat er Schmerzen darin. Das tut dann echt übel weh. So 'ne Schlickkur soll gesund sein.

Da fallen ihm die Worte »Fango« und »Tango« ein. Also, darüber muss er ein neues Lied schreiben. Da wird ihm ein guter Text einfallen. So ein bayrischer Tango, das wird was haben. Da ist er sich ganz sicher.

Als sie den Tümpel umgangen haben, stellen sie sich mit dem Rücken zur Sonne.

»Übrigens ist das kein Tümpel, vor dem wir stehen, sondern das da vor uns nennt man Priel. Das hat der Heiko gesagt. Wenn der Priel zu groß ist, soll'n wir bloß aufpassen und nicht zu weit rausgehen.«

»Schon gut, Ernst, nur keine Panik«, meint Berti. »Wie du siehst, sind da vorne unsere Fahrräder. Siehst die?«

»Jo.«

»Auf geht's, Jungs«, meint Berti, »lasst uns den *Almbrüller* schmettern.«

Und schon geht es los. Das macht Fetz, und das hört man und würde man sehen, wenn man bei dem Spektakel dabei wäre. Die bayrischen Jungs mit ihren Badehosen und den grauen Sepplhüten spielen sich so in Begeisterung, dass sie gar nicht merken, wie die Zeit vergeht.

Unbewusst wandern sie mit der Sonne mit, damit sie nicht geblendet werden. Nur ein paar Schritte sind es, aber immerhin. Was sie auch nicht mitbekommen, ist, dass da was beziehungsweise wer, also jemand, von hinten angespült wird. Noch ist er recht weit entfernt.

Als sie ihr Programm fertig gespielt haben, sind sie ziemlich geschafft. So Blasmusik strengt an, da braucht man viel Luft. Das kostet viel Energie und ist gut für die Bauchmuskeln, wegen der Atemstütze, aber vor allem macht es Spaß.

Die vier sind in einer Art Rausch, musizieren macht high.

»Ja mei«, meint Hansi etwas erschöpft, »war's das jetzt oder woll'n mir noch was spüln? Vielleicht ...«

Aber die drei anderen Bazis wollen nicht mehr. Sie haben genug. Hansi schmerzt die Schulter vom Tubaheben, obwohl er sooolche Muckis hat. Aber auch Ernst tut was weh, nämlich die Lippen, und Matthis der Arm, weil er beim Posaunespielen immer den Arm so lang machen muss, wenn er den Zug rauszieht. Berti ist auch K. O. vom Quetschkommodespielen. Außerdem hat er so auf der Stelle mitgetanzt, dass es jetzt einfach genug ist. Seine Waden sehen ziemlich schlickverspritzt aus.

»Also mir reicht's«, meint Berti, und die anderen nicken. »Dann lassts uns gehen. I könnt ma so 'n Busch gebrauchen.«

»I a«, meinen die anderen drei. Dann lachen sie.

»Hier ist aber kein Busch«, meint Berti und dreht sich um, ob da nicht doch noch irgendwo einer herumsteht. »Ja. gibt's das? Da is ja das Meer, da vorne.«

»Oha«, meint nun Matthis.

»Und schaut, da schwimmt doch was im Wasser. Ist das 'ne Robbe?«

Die vier Bazis schauen das Etwas an, das da angetrieben kommt. Dann schauen sie einander an. Kann das sein? Aber sie sind doch nicht deppert! Oder haben sie einen Sonnenstich? Vielleicht ist das auch nur 'ne Fata Morgana.

»Kimmts, mir schauen nach«, sagt Berti. Er ist der Erste, der sich aus der Schockstarre löst.

»Der Heiko würde sagen: Fort mit euch, das Wasser kommt«, meint Hansi und will sich schon zum Gehen wenden.

Das Meer ist höchstens noch zehn Meter weg, und man kann regelrecht zusehen, wie es näher kommt.

»Hansi«, ermahnt ihn Ernst, »wir brauchen Gewissheit, verstehst?«

»Ja schon, aber wenn wir alle ertrinken?«

»Nu komm scho mit«, sagt Berti. »Wenns kommt, dann laufen mir.«

»Jo«, meint Hansi, »und das in dem schlickernden Watt da.«

»Wenns ihr weiterdiskutiert, kommt das Wasser eh«, mischt sich nun Matthis ein.

»Also gut«, meint Berti, »dann machen wir's so. Der Hansi geht zurück und nimmt die Tuba mit und meine Quetschkommode. Und wir drei schauen nach.«

Hansi stimmt sofort zu. »Jo, so machen mirs.« Er schnappt sich die Quetschkommode, die ihm Berti hinhält, und hängt sich diese über die Schulter. Seine Tuba packt er sich auf die andere Schulter. Dann stapft er ziemlich langsam und schwerfällig los. Die drei anderen schauen sich an und wenden sich dem Meer und seinem Mitbringsel zu. Sie gehen ein Stück darauf zu. Was sie nun sehen, verschlägt ihnen nahezu die Sprache.

»Brat mir doch einer einen Storch«, flüstert Berti, ihm bleibt der Mund offen stehen. »Das ist …, das ist keine Robbe … das ist …«

»… eine Leiche«, vollendet Matthis Bertis aufgeregtes Gestammel.

KAPITEL 5

Die Tür der Pension *Zur Goldenen Möwe* geht auf, und herein tritt das hübsche Fräulein mit den langen Beinen. Die junge Dame hat einen Spaziergang hinterm Deich gemacht. Zum Spazierengehen ist heute bestes Wetter, kaum Wind und herrlicher Sonnenschein.

Beim genauen Hinsehen kann man bemerken, dass ihre Beine leicht rot gefärbt sind. Die Sonne ist eben ungnädig und Lichtschutzfaktor zwanzig nicht ganz ausreichend.

Es wundert sie ein bisschen, als sie die beiden Männer noch immer am Tresen sitzen sieht. *Haben die denn gar nichts zu tun? Immerhin sind sie doch Einheimische und keine Urlauber. Seltsam.*

Als sie sich etwas erschöpft setzt, rutscht ihr kurzer Rock ein bisschen nach oben. Nun kann man einen leichten Röterand erkennen, also Bein zartrot und etwas höher kreidebleich. Sie hat recht empfindliche Haut, das liegt in der Familie, das hat auch ihr Bruder geerbt.

Es gelüstet sie nach einem warmen, kräftigen Kaffee. In dem Moment, als sie Oma Else erblickt und einen solchen bestellen will, verlässt diese den Raum, und bei dem einen von den beiden, die da am Tresen sitzen, klingelt das Handy.

Der Mann nimmt das Gespräch entgegen. »Hier Hinercks.«

Kaum dass am anderen Ende etwas gesagt wird, springt er von seinem Hocker auf. Er taumelt etwas und muss sich am Tresen festhalten, um wieder ins Gleichgewicht zu kommen.

»Nein«, brüllt er, »eine Leiche? Hier bei uns? Das gibt es nicht!« Dann beendet er das Gespräch.

Jetzt kichert er, es klingt ziemlich hysterisch und alkoholisiert. Er wischt sich die Lachtränen aus den Augen.

»Ich glaub's nicht. 'ne Leiche, das ist lächerlich. Bei uns gibt es doch noch nicht einmal ein totes Schaf.«

Als er sich langsam wieder einkriegt, klingelt sein Handy erneut. Hinercks schaut Helge erstaunt an.

»Nu geh schon dran«, meint dieser hektisch.

»Wenn du meinst …« Hinercks drückt den grünen Knopf und hält sich das Handy ans Ohr. »Hmm«, sagt er, »hmmm.« Dann schaut er sein

Handy an. Er hebt gerade den Zeigefinger, um das Gespräch zu beenden. Doch da nimmt ihm das hübsche Fräulein von hinten einfach das Handy aus der Hand.

»Darf ich?«, fragt sie nur und hält ihm mit der anderen Hand ein Etui mit irgendetwas vor die Nase. Hinercks will lautstark protestieren, gerne möchte er an ihrem Rock rupfen, um die Herausgabe seines Handys zu fordern. Aber sie lässt sich nicht beirren, sondern führt sein Gespräch einfach weiter. Eigentlich hört sie sich nur an, was am anderen Ende gesprochen wird.

Unverschämt, denkt Hinercks und macht einen mutigen Schritt auf sie zu und einen langen Arm. Aber sie hört unbeirrt dem Anrufer zu und stößt Hinercks mit ihrem spitzen Schuh gegen das Schienbein, um ihn sich vom Leibe zu halten.

»Autsch!«, ruft Hinercks. Oh, er ist so voller Wut! Was fällt dieser hübschen, blöden Schnepfe bloß ein? Wie kann sie sich ihm gegenüber, einem Polizisten, nur so frech verhalten?

Aber nun besieht er sich das Etui mit dem glänzenden Etwas mal genauer, und jetzt bemerkt er, dass es eine Polizeimarke ist, die sie ihm vor die Nase hält.

»Gut«, sagt sie nun ins Handy. »Ich komme, ja. Und ich bringe den Kollegen mit.« Dabei schaut sie

Hinercks skeptisch an. Dann hört sie dem Anrufer wieder zu. Er scheint zu schimpfen, zumindest ist er wohl ziemlich aufgeregt.

»Nun beruhigen Sie sich doch!«, versucht es die Dame. Aber dann scheint er aufgelegt zu haben, denn sie nimmt das Handy vom Öhrchen, ohne ein weiteres Wort zu sagen.

Hinercks kann nicht glauben, was da gerade passiert ist. Nicht nur, dass da einer eine Leiche gesehen haben will, wo doch hier an der schönen Nordsee gar keine sein kann! Aber dass sich da auch noch so eine dahergelaufene Polizeitante einmischt. Frechheit! Nach einer Polizistin sieht sie auch gar nicht aus. *Die ist 'ne Nummer zu hübsch*, denkt Hinercks.

Nicht, dass Polizistinnen nicht hübsch sind, aber sie sind nicht niedlich hübsch, sondern taff hübsch. Sie haben so einen bestimmten Gesichtsausdruck. Also, mit einer Polizistin würde er nicht ins Bett gehen wollen, da hätte er Angst, dass die ihn verhaften würde, lebenslänglich und so, und auf so etwas will er sich nicht einlassen.

Er findet es angenehmer, wenn so die eine oder andere liebliche Person durch sein Bett hüpft und es danach aber auch wieder verlässt. Ehrlich gesagt, ist ihm das aber noch nicht so häufig passiert, hier am Deich ist die Auswahl ja nicht so groß. Aber richtig bindungsfähig ist er eben auch nicht. Da muss erst noch die Richtige kommen, die sein Friesenherz erobert. Polizistinnen sind auf jeden Fall irgendwie anders als die junge Dame, die da vor ihm steht. Er ist sauer. Sie legt nun auf, und er sieht sie vorwurfsvoll an.

»Darf ich mich vorstellen?«, fragt sie nun superfreundlich. »Kriminalhauptkommissarin Denkewitz von der Mordkommission aus Husum. Tut mir leid, dass ich mich nicht früher zu erkennen gegeben habe, aber ich bin im Urlaub. Und wenn ich frei habe, dann will ich eigentlich nicht als Kommissarin erkannt oder gar angesprochen werden.«

Ach, deshalb die feminine Tarnung, denkt Hinercks und wirft einen Blick auf ihre geröteten Beine.

Auch Helge findet die Sprache wieder. »Ich lach mir 'nen Wolf, so einen dicken, fetten Friesenwolf! 'ne Kommissarin ham wir hier, und irgendwo liegt 'ne Leiche rum, ich glaubs nicht!«, dann lacht er so heftig, dass es scheppert.

»So ist es aber«, meint Kriminalhauptkommissarin Denkewitz, »die Leiche liegt etwa zehn Minuten von hier entfernt. Sie ist angeschwemmt worden und sieht wohl ziemlich aufgedunsen aus. Also nichts für schwache Nerven. Dennoch muss ich Sie bitten, mich dorthin zu begleiten. Ich kenn mich ja in dieser Gegend nicht so gut aus. Also, meine Herren, dann wollen wir mal.«

Frau Denkewitz sieht so streng aus, dass Helge und Hinercks sich gar nicht trauen zu widersprechen. Sie erscheint Hinercks nun nicht mehr lieblich, sie verhält sich tatsächlich wie eine richtige Polizistin, nur von der Kripo eben. Er kommt sich völlig unbedeutend neben ihr vor. Dabei ist er doch auch ein richtiger Polizist, so mit 'ner Schießausbildung und einer Wumme, um die ihn die anderen beneiden. Helge und Friedje wollten schon ein paar Mal mit ihm Schießübungen machen, aber das hat er natürlich nicht zugelassen.

Hinercks ist ziemlich neugierig, wer da so tot herumliegt. Bevor er irgendwelche Fragen stellen kann, hat die Kommissarin mit der einen Hand die Tür geöffnet. Die andere hält das Handy an ihr hübsches Öhrchen, sie teilt gerade ihrer Abteilung in Husum mit, dass es hier 'ne Leiche gibt und dass sie sich diese jetzt mal anschauen wird. Es solle mal bitte alsbald die Spurensicherung anrücken.

Dann gibt sie noch Osterhever und Deichstraße als Fundort an. »Nein, 'ne Nummer gibt es da nicht. Ihr müsst hintern Deich kommen, Richtung Leuchtturm.«

Nun zucken Hinercks und Helge erschrocken zusammen, denn Else stürmt herein. »Eine Leiche,

Jungs!«, ruft sie. »Mensch, die Gäste von Heiko ham 'ne Leiche gefunden.« Sie ist völlig aufgelöst.

Jetzt drückt sich Heiko durch die Tür, in der die Kommissarin steht. »Mensch, Hinercks«, meint er, als er den Dorfpolizisten sieht. »Als ich eben mit dir telefoniert hab, war da auf einmal 'ne Frau dran. Was war denn da los? Du musst wirklich kommen, da is 'ne Leiche angespült worden.« Er schaut Hinercks besorgt an, der etwas unschlüssig herumsteht.

Nun mischt sich Frau Denkewitz ein und stellt sich Heiko vor. Er staunt nicht schlecht, dass die hübsche Dame eine Kommissarin von der Mordkommission sein soll.

»Meine Herren«, erneuert sie ihre Aufforderung von vor fünf Minuten, diesmal meint sie auch Heiko, »dann lassen Sie uns mal zu dem Ort fahren, an dem sich die Leiche befindet.«

Hinercks, Helge und Heiko schauen sich etwas irritiert an. Eine Anweisung von einer Frau ist irgendwie komisch. Helge schubst Hinercks an, nun mal in die Hufe zu kommen.

»Warte, Hinercks, bevor ihr losfahrt! Hier haste noch 'ne Thermoskanne mit schwarzem Kaffee. Ich glaube, den kannste gebrauchen«, ruft Else fürsorglich.

Hinercks nimmt die Kanne dankend entgegen. Als sie nach draußen kommen, steht da so eine

Schale neben der Tür, eigentlich ist es eine Vogeltränke. Aber Hinercks braucht das Wasser, um wieder einen klaren Verstand zu bekommen. Deshalb nimmt er sie und schüttet sich das Wasser über den Kopf, dass es nur so spritzt. Dann wischt er sich durch die nassen Haare und schnauft. Etwas erfrischt fühlt er sich jetzt. Aber die Restbetüterung muss der Kaffee schaffen.

Frau Denkewitz bietet sich an zu fahren, weil Hinercks ja noch nicht wieder ganz nüchtern ist. Als alle drei Männer eingestiegen sind, lässt die Kommissarin den Motor aufheulen, dann fegt sie mit einer Staubwolke von Elses Anwesen. Ein dreistimmiges »Männernavi« weist ihr den Weg, und wenig später fährt sie auf Heikos Hof.

Dort stehen drei aufgeregte Bayern. Dass es Bazis sind, sieht Frau Denkewitz sofort, denn damit hat sie Erfahrung. Die drei wissen, wo sich die Leiche befindet, und quetschen sich noch zu den anderen ins Auto, um den Fundort zu zeigen. Da der Platz etwas eng ist und die Kommissarin schimpft, steigt Heiko wieder aus. Er meint, das wäre schon okay, er würde mit Friedje nachkommen.

Die Kommissarin lässt erneut den Motor ihres Autos aufheulen, und schon geht's los.

»Leiche, wir kommen!«, brüllt Helge und

schwenkt sein blau-weiß getupftes Halstuch aus dem offenen Fenster.

Die drei Bazis schauen ihn etwas befremdet an. Ziemlich verrückt, diese Nordfriesen, scheint ihr Gesichtsausdruck sagen zu wollen.

Hinercks schweigt, er ist betroffen wegen des Toten, aber er kann Helge verstehen. *Endlich ist hier mal wat los*, denkt er.

KAPITEL 6

Wenig später kommt das Auto zum Stillstand, nun müssen sie nur den Deich rauf und auf der anderen Seite wieder hinunter. Dort erwartet sie Hansi, der ziemlich schimpft, weil er so viel Zeit allein mit einer Leiche verbringen musste. Die Kommissarin braucht etwas länger, weil sie sich erst noch die Riemchensandalen ausziehen muss, während die anderen fünf bereits den Deich erklimmen.

»Nicht anfassen«, brüllt sie ihnen hinterher. »Finger weg von dem Toten.«

Das hätten sich die Männer jetzt, in Anwesenheit einer Kommissarin und eines Polizisten, auch gar nicht getraut. Allerdings hatten die vier Bazis ihren Fund ja irgendwie an Land bringen müssen. Da weit und breit keine Äste oder etwas Ähnliches herumlagen, hatten sie dies mit ihren Luftpumpen getan.

Die vier wussten ja aus dem Fernsehen, dass man eine Leiche wegen der Spuren, Fingerabdrücke und so nicht anfassen darf. Obwohl, so im Wasser waschen sich doch bestimmt alle Spuren wie von Geisterhand ab.

»Da kommt bestimmt so ’n Meeresgeist mit ’nem Schrubber«, hat Berti hysterisch aufgekratzt gemeint, »der putzt alles ab, was da nicht hingehört.«

»Mensch, Berti«, hat Hansi geschimpft und Bertis Redefluss unterbrochen, »nun mach mal halblang. Das da vor dir ist ein Toter, der war mal lebendig, so wie du …«

Berti hat Hansi betroffen angeschaut. Natürlich war ihm das irgendwie klar. Aber wieso musste da ausgerechnet eine Leiche angeschwommen kommen, wenn er doch seine Ruhe haben wollte? Es war wohl kaum zu vermeiden, dass bald die Kriminalpolizei und die Presse anrücken würden. Und dann mussten sie Auskunft geben und würden mit einem Artikel und bestimmt mit Fotos in ihren tollen Outfits in der Zeitung landen. Womöglich würde es dann die Titelüberschrift geben: Blechschuss trifft Leiche. Das klang wie ein Attentat und würde zunächst dem Überschriftenschnellleser einen falschen Eindruck vermitteln. Das wäre so ungerecht! Also, irgendwie mussten sie unerkannt wieder aus der Nummer rauskommen. Nur wie?

Die vier haben recht schnell bemerkt, dass sie mit den Luftpumpen nicht so viel ausrichten konnten. Eine Weile haben sie zugeschaut, wie der Kopf der Leiche immer wieder gegen die Steine stieß.

»Der hat noch ’nen zerdepperten Schädel, bevor die Polizei kommt«, hat Berti gemeint. »Los, den ziehen wir jetzt raus.«

Und so haben sie den Toten beherzt an den Schultern gepackt und auf die Steine an Land geschafft. Ja, und dann haben sich Matthis, Ernst und Berti wieder auf den Rückweg zu Heiko gemacht. Sie hatten nämlich alle vier kein Handy dabei, weil sie ja nicht gestört werden wollten. Das ist manchmal ganz sinnvoll, doch in diesem Fall wäre es hilfreich gewesen, die Polizei telefonisch verständigen zu können. Nun mussten sie zunächst mal mit den Fahrrädern zu Heiko fahren, und erst dann konnten sie von dort aus die Polizei anrufen.

Außerdem musste einer bei der Leiche bleiben. Das Pech hatte Hansi getroffen, nicht weil sie ihn ausgewählt haben, nö, sie haben eine Münze geworfen. Zwei Bazis gegen die anderen zwei und dann die beiden Verlierer gegeneinander. Tja, und da hat Hansi die Zahl erwischt. Damit wurde er zum Leichenbeschauer, also genauer gesagt, schaute er, dass die Leiche nicht abhandenkam und sich auch keiner erschreckte, der zufällig vorbeikommen würde.

Zum Glück ist keiner gekommen, und er hat nicht erklären müssen, was er da machte, ob er den Toten auf dem Gewissen hatte und wer der Tote überhaupt war. Die richtige Leichenbeschau würde natürlich die Gerichtsmedizin übernehmen.

Hansi ist wirklich sehr erleichtert, als er seine Freunde und zwei weitere Männer über den Deich kommen sieht. Das Schimpfen darüber, dass es so lange gedauert hat, spart er sich, denn allen voran geht ein Polizist. Und er tut sich auch gleich sehr wichtig.

»Bitte treten Sie mal zur Seite. Ihre Musikkollegen haben mir schon erzählt, dass Sie hier auf eine Leiche aufpassen. Danke, nun übernimmt aber die Polizei.«

Helge wundert sich. »Hinercks klingt jetzt tatsächlich wie ein richtiger Polizist. So hab ich den ja selten ma erlebt.«

Hinercks hat inzwischen die ganze Kanne Kaffee intus, sein Verstand ist erfrischt und er fühlt sich fast wieder normal, allerdings pocht sein Herz wie verrückt. Nicht nur »poch, poch«, sondern echt so »pochpochpoch, pochpochpoch …«

Das Erste, was Hinercks tut, ist, dass er den Fundort absperrt, richtig so mit einem rot-weiß gestreiften Plastikband. Das hat er tatsächlich in seiner Jackentasche, als ob er schon lange darauf wartet, dass es mal zum Einsatz kommt.

Die Sicherung der Leiche ist wichtig, denn bevor die Spurensicherung kommt, darf keiner sie berühren. Auch nicht die Kommissarin, die jetzt barfuß über den Deich eilt und erneut ruft:

»Weg von der Leiche«, denn sie sieht, dass sich Hinercks dieser genähert hat und um sie herumturnt, wegen der gestreiften Absperrbänder natürlich, aber das kann sie von da oben wahrscheinlich nicht sehen.

Hansi bleibt mit offenem Mund ziemlich erstaunt stehen, als die Frau über den Deich geschritten kommt und sich nähert. Er kann es kaum glauben. Die Person da, mit dem kurzen Rock und den geröteten Beinen, ist nämlich Lisa, seine Schwester. Nicht nur ihr Erscheinen verwundert ihn, auch ihre Aufmachung. Sie sieht zwar gut aus, aber irgendwie ist es ihm auch peinlich, wie wenig bekleidet sie dahergeschritten kommt.

Seit wann trägt man eigentlich im Dienst Blüschen und so einen kurzen Rock?, denkt er. *Außerdem hat sie sich die Beine verbrannt, das sieht man ganz deutlich.*

Es klingen ihm die Worte ihrer Mutti im Ohr. »Kinder, immer schön eincremen, wenn ihr in die Sonne geht.«

Warum nur hat sie das nicht befolgt? Na ja, zugegeben, seine Unterarme sind auch gerötet und seine Beine auch. Also, dann würde er wohl mal am besten seinen Mund halten und nichts dergleichen zu ihr sagen.

Auch Lisa ist sehr erstaunt, als sie Hansi erblickt. Aber sie zählt gleich drei plus eins zusammen, also drei Bazis und ihren Bruder, und das macht Gevatter Blechschuss. Sie hat die Burschen auch schon einmal zusammen gesehen und gehört, aber das ist schon länger her. In ihrer Aufmachung ähneln sich die vier doch sehr, und sie sehen ziemlich lächerlich aus.

»Aber warum haben die sich hier an die Küste verirrt?«, rätselt sie.

Bevor sie sich der Leiche widmet, geht sie auf Hansi zu, drückt ihn lächelnd und gibt ihm einen Kuss auf die Wange, den er erwidert. Die anderen Männer schauen die beiden ziemlich erstaunt an. Helge ist glatt der Unterkiefer heruntergefallen.

»Hallo, Bruderherz«, sagt sie. »Was machst denn du hier? Heiße Höschen habt ihr da an«, flüstert sie noch hinterher.

»Ähm, öh … jo, das frag i mi a, was du hier machst. Ich dacht, du bist in Husum?«

»Das bin ich sonst auch, ich mache hier eigentlich nur Urlaub. Aber jetzt ist mir diese Leiche dazwischenkommen. Zeigt mal her.«

Alle Männer schauen reichlich erstaunt. Berti stößt Matthis in die Seite und deutet mit den Mundwinkeln und gleichzeitigem Kopfnicken an, dass Hansi da aber eine tolle Schwester hat. Hinercks schaut Helge streng an, und er schließt den Mund wieder. Nun schauen alle noch zum Deich hinauf, denn Heiko und Friedje stürzen mit einem »Wartet auf uns« hinab.

»Is noch nicht viel passiert«, meint Helge. Dann schauen alle zu Frau Denkewitz.

Diese tritt nun über das rot-weiß gestreifte Absperrband und sieht sich die Wasserleiche an.

»Die Spurensicherung wird bald kommen«, meint sie. »Er ist ja echt reichlich aufgedunsen, er muss schon einige Zeit im Wasser gelegen haben. Kennt jemand von euch den Toten?«

Keiner der Anwesenden bejaht dies. Heiko nicht, Helge nicht, Friedje nicht, Hinercks nicht und die vier Bazis auch nicht.

»Von wo aus wurde denn die Leiche angeschwemmt?«

»Von da«, die Bazis zeigen aufs Meer hinaus.

»Also«, mischt sich nun Hansi ein, »mir warn so am Proben, na, eigentlich warn mir mit Proben gerade fertig. Unser Programm ist zurzeit echt toll, es gibt da jede Menge neuer Stücke, du musst mal unser neues Programm anhörn …

»Hansi«, unterbricht ihn Lisa streng.

»Ja mei, mehr gibt's da net zu erzählen. Als mir vorbei warn, ham mir gemerkt, dass da jemand im Wasser liegt, und das war der da.« Er zeigt auf den Toten.

»Ohne dass wir was getan ham, ist der hinter uns hergekommen, mit dem Wasser eben. Mir ham den dann nur an Land gezogen, aber der war die ganze Zeit schon tot. Also, das nehmen wir an, aber der hätt sich doch sonst bewegt und bemerkbar gemacht, oder? Also, ich habe dann Totenwache gehalten, und du und die anderen da, ihr seids jetzt gekommen. Mehr war nicht.«

»Aha«, meint Kriminalhauptkommissarin Denkewitz, und dann kommt noch einmal ein »Aha«. So genau weiß sie jetzt auch nicht weiter.

Es fröstelt sie mittlerweile doch sehr, und wenn sie friert, kann sie schlecht denken. Sie ist einfach zu dünn angezogen.

Hier am Meer weht ein frischer Wind, und die Sonne steht tief, sie scheint sich zum Untergehen rüsten zu wollen. Zumindest wird sie in wenigen Minuten dazu genötigt, denn es sind eine Menge Wolken aufgezogen, und wenn so eine Wolkenbande anrückt, ist man als Sonne echt verloren und geht unter.

Frau Denkewitz reibt sich über die Arme und hält sich dann daran fest.

Hinercks merkt, dass der Dame kalt ist. Ganz gentlemanlike zieht er seine Jacke aus und reicht sie ihr. »Darf ich? Sie ist zwar schon reichlich verschlissen, aber besser, als zu frieren, ist sie allemal.« Er lächelt.

Sie lächelt auch und nimmt die Jacke dankend an.

Helge haut seinen Ellenbogen in Hinercks Seite und hat wieder diesen bestimmten Gesichtsausdruck und das Kopfnicken. »Sie steht auf dich«, soll das heißen.

Aber diesmal knufft Hinercks zurück. Helge rempelt nun Ernst an, Ernst Matthis und Matthis Berti. Alle fluchen.

»He, jetzt mach ma halblang«, flucht Helge.

»Ja mei, was soll denn das?«, schimpfen die Bazis. Dann sind sie wieder still, denn es wird laut auf dem Deich. Männer in weißen Anzügen und mit Koffern überschreiten ihn und steigen hinab.

»Mondmenschen«, meint Helge und schaut doof, wieder so mit offenem Mund.

Hinercks knufft ihn erneut mit dem Ellenbogen. »Das ist die Spurensicherung, du Heinz.«

Helge ist jetzt mal nicht so sauer auf Hinercks, wegen Beleidigung und so, weil er mit erstem Namen tatsächlich Heinz heißt, Heinz Helge Günther, um es genau zu nehmen. Aber alle nennen ihn meist nur Helge und manchmal Heinz.

Also, die Spurensicherung steigt hinab und wird freundlich begrüßt von Frau Denkewitz.

Im selben Moment poltert es auf dem Deich, und alle drehen sich um. Diesmal sind es zwei Fotografen, die bereits eifrig knipsen, bevor sich irgendjemand beschweren oder aus dem Bildausschnitt verschwinden kann.

Auch als Berti sich empört, hören die beiden Fotografen nicht auf zu knipsen. Wer denen wohl gesteckt hat, was hier passiert ist? Hinercks ist sich sicher, dass es nur Oma Else gewesen sein kann. Aber gute PR für Osterhever ist das ja nun mal nicht. Gerade Oma Else braucht doch wieder Besucher, die ihren Umsatz ankurbeln. Leichenfunde sind da doch eher abschreckend.

Aber vielleicht denkt sie, dass eine Leichenstory und gute Bilder auch Schaulustige an den Deich ziehen werden. So wie damals bei der großen Sturmflut. Da sind doch die feinen Damen extra aus Hamburg mit ihren Stöckelschuhen angereist und haben sich die Flutkatastrophe angeschaut, besser gesagt, haben sie gegafft.

Das tut man aber nicht, findet Hinercks. Es gehört sich nicht, bei Katastrophen schaulustig zu sein. Alle Nichtbetroffenen sollten mal froh sein, dass sie nicht betroffen sind.

So schnell, wie die beiden Fotografen gekommen sind, verlassen sie den Fundort auch wieder. Aber eine Nahaufnahme von der Leiche lassen sich beide nicht nehmen.

Die Spurensicherung schimpft mit ihnen. Sie würden stören und sollten doch bitte mal etwas schneller machen. Frau Denkewitz spricht noch kurz mit ihnen, und dann eilen sie über den Deich und sind kurz darauf wieder verschwunden.

Jetzt gibt es für die Bazis, Helge, Heiko und Friedje nicht mehr viel zu tun.

»Frau Denkewitz und ich bleiben am Fundort«, meint Hinercks, »ihr könnt ruhig zurückfahren. Die vier Blechbläser halten sich bitte zur Verfügung.«

Die Männer nicken.

Fundort klingt irgendwie doof, denkt Hinercks, *so, als ob wir für das Finden der Leiche einen Finderlohn beantragen könnten, aber wenn den keiner vermisst, bekommen wir auch nix dafür.* Er schüttelt lächelnd den Kopf. *Blöder Gedanke*, schimpft er mit sich. *Du bist ein anständiger Polizist, jetzt benimm dich ma, Jo*, spornt er sich an. *Dennoch ist es nicht der Tatort, um das noch einmal klarzustellen.*

Hansi schnappt sich sein Fahrrad und schiebt es über den Deich, die anderen drei Bazis steigen mit den anderen drei Nordfriesen in Heikos Auto ein. Dann fahren sie zu Oma Elses Pension, das Auto voran und Hansi mit dem Fahrrad in einigem Abstand hinterher. Sie haben Oma Else versprochen, gleich wieder zu ihr zu kommen. Else ist bestimmt gespannt wie ein Flitzebogen, was sie zu erzählen haben. Und den Bogen wollen sie mal lieber nicht überspannen, das tut nicht gut. Nicht bei Else, die hat nämlich Bluthochdruck und so Anwandlungen mit Schwindel und Herzpochen.

Als sie bei der Pension vorfahren, steigt gerade ein Mann aus seinem Auto. Er muss kurz zuvor angekommen sein. Gleichzeitig kommt Else aus ihrem Haus und schaut erwartungsvoll, wer denn vorgefahren ist.

Mit reichlicher Verspätung kommt Hansi an, aber da sitzen die anderen schon lange bei einer »Toten Oma« und wärmen sich auf.

KAPITEL 7

Der Mann, der da angekommen ist, heißt Peter Großmann. Er ist Akquisiteur für Landflächen, auf denen Windkrafträder gebaut werden sollen. Der Typ hat sich mit Oma Else an einen Nebentisch am Fenster gesetzt, dorthin, wo eigentlich das Fräulein mit den schönen, langen Beinen sitzt, Lisa Denkewitz. Wir kennen jetzt ja ihren Namen und auch ihren Berufsstand. Aber sie ist ja noch am Deich.

Die Bazis, Helge und Friedje sitzen mit dem warmen Kaffee-Grog am Tresen.

Der Herr Akquisiteur ist superfreundlich, denn er will Elses Landfläche aufkaufen, und das zu einem nicht zu hohen Preis. Sie ist ebenso superfreundlich, denn sie möchte zum einen verkaufen und zum anderen einen guten Preis für ihre Fläche aushandeln. Sie weiß, dass sie eigentlich gute Karten hat und auch hoch pokern kann, denn hier hinterm Deich gibt es niemanden, der so viel Fläche besitzt wie sie und zudem noch dazu bereit ist, diese zu verkaufen und nicht nur zu verpachten.

Eigentlich hängt sie sehr an ihrem Land, denn es ist schon seit vielen Jahren im Familienbesitz. Doch sie hat ja keine Kinder, die gerne die Goldene Möwe übernehmen würden, und für sie wird die Pension immer unrentabler.

Natürlich mag sie ihre Stammgäste. Aber es kommen zu wenig Urlauber, und die Pension wirft einfach nicht mehr genug Gewinn ab. Deshalb hat sie sich eigentlich entschieden, das ganze Anwesen zu verkaufen und von dem Erlös eine Wohnung in einem Altenstift in Husum zu kaufen.

Die Wohnung hat sie schon gesehen, die ist wirklich schön. Genauer gesagt wird sie schön, sie befindet sich nämlich noch im Bau, aber Else hat ernsthaftes Interesse bei der Baugesellschaft bekundet und bereits einen Vorvertrag unterschrieben. Einen Interessenten, der ihre Pension kaufen und weiterführen würde, gibt es weit und breit nicht. Sie hat es schon einmal mit einem Immobilienmakler probiert, aber da hat nix geklappt. Die meisten, die hier wohnen, wollen fort, also die jungen Leute. Die Alten sterben weg, aber Else will nun mal nicht arm und verlassen sterben. So ein Angebot wie das von dem Akquisiteur bekommt sie so schnell nicht wieder, das weiß sie ganz genau.

Die beiden lächeln sich also an und sind überaus freundlich zueinander, sodass man mehr oder weniger Zustände bekommt, wenn man den beiden zusieht. Außerdem fühlen sich die Männer, die Else doch so zugetan sind, ausgeschlossen. Und zudem sind Helge und Friedje stinksauer auf Oma Else.

Helge will schon seit Langem neue Flächen für seine Biogasanlage von ihr pachten, aber sie hat ihn bisher immer hingehalten. Jetzt weiß er auch, warum. Und Friedje ist sauer, weil sein Schafshof und sein Land direkt an das ihre angrenzen und er das dumme, hohe, weiße Windrad immer vor Augen haben würde.

»Den müsste man um die Ecke bringen«, meint Friedje zu Helge, natürlich ganz leise, aber die vier Bazis mit ihren feinen Musikerohren bekommen trotzdem jedes Wort mit, das geschwätzt wird.

»Jo«, meint Helge.

Und dann malt sich Friedje aus, wie sie den Herrn fein säuberlich verschwinden lassen könnten. »Wir könnten ihn, wenn er einen über den Durst getrunken hat, im Watt absetzen, so schön weit draußen. Und dann, wenn die Flut kommt, nimmt das Meer ihn mit und wir sind den verdammten Kerl los. Der kommt dann auch als Wasserleiche angeschwommen, irgendwo …«, meint Friedje heiter.

»Jo«, meint Helge »wir könnten aber auch …«

»So ein Schmarrn«, schaltet sich nun Matthis flüsternd ein. »Ihr seids doch koa Mörder, oder? So mit ’ner Leiche, die man selbst auf dem Gewissen hat, lebt sich’s bestimmt net guat.«

»Schon klar«, meint Friedje, »wir träumen ja auch nur.«

»Ach, so nennts ihr das, für mi klang das wie ein geplanter Mord. Habts ihr auch was mit dem anderen da zu tun, den wir gefunden ham?«

»So ein Unsinn«, meint nun Helge, »wir sind doch keine Killer.«

»Klang aber so«, sagt Matthis. »Vielleicht macht man das ja so bei euch hier oben an der Küste. Die, die nicht gehorchen, werden im Watt ausgesetzt und dem Meer anvertraut.«

Helge springt sauer auf, packt Matthis, der neben ihm sitzt, an der Schulter und schubst ihn. Matthis fällt gegen Ernst, Ernst fällt gegen Berti. Alle drei springen nun sauer auf und ballen ihre Musikerfäuste. Auch Friedje springt auf. Nun stehen sich drei Bazis und zwei Friesen gegenüber.

Jetzt müsste eigentlich ein Witz kommen, also er würde ungefähr so lauten: Was passiert, wenn drei Bazis zwei Friesen feindlich gegenüberstehen? Antwort: Oma mit Veilchen, übersetzt: Oma Else mit blauem Auge.

Also, aus dem Witz wird Ernst. Genaugenommen springt Oma Else auf, um den Kampf zu verhindern, übersieht leider die Faust von Ernst, die er in diesem Moment ausfährt, um Helge zu treffen, und bekommt diese ungebremst aufs Auge. Im selben Moment, in dem die Faust das Auge trifft, fällt Oma Elses Kopf nach hinten und mit dem Kopf die ganze Oma. Sie knallt allerdings nicht auf den Boden, weil nämlich der Herr Akquisiteur geistesgegenwärtig aufgesprungen ist und Oma Else auffängt. Dann befördert er sie ganz langsam zu Boden und legt sie dort ab.

»Ja, hast du sie noch alle?«, schimpft Berti mit seinem Kumpel.

»Ich fasse es nicht, die Faust galt mir.« Helge wischt sich übers Kinn. »Was habt ihr Bayern hier auch überhaupt verloren?«

»Jetzt mach amoi halblang«, meint Matthis, »mir mache hier Urlaub, und des is ja wohl gestattet?«

»Mei, des tut mir aber leid«, sagt Ernst, der seine Fassung wieder zurückgewinnt und einen Blick auf die Oma wirft. »Des wollt i nu wirklich nicht.«

»Jetzt holts doch ma einer von euch feinen friesischen Herrn a Wasser«, meint Berti. »Und wenn ihr's habt, a Stück rohes Fleisch. Die Oma hat sonst morgen fei a prächtig's Veilchen.«

Helge springt sogleich auf und bringt umgehend das Wasser. Berti beginnt mit einer Serviette und dem Wasser, das Gesicht von Else kühl zu betupfen, damit ihre Lebensgeister wieder wachgerüttelt werden, aber die bleibt noch eine ganze Weile ohne Bewusstsein. So lang, bis der Doktor kommt.

Und der Doktor staunt doch sehr, als er sieht, was die Männer mit der Oma angestellt haben. Else liegt mit einem rohen Schweinelendchen auf dem Auge auf dem Boden und rührt sich nicht. Nur ihr großer Busen hebt und senkt sich, sodass der Doktor sofort sieht, dass sie durchaus am Leben ist und sich nur in einem tiefen Schlaf befindet.

Er schafft es, Oma Else mit Riechtropfen und einer Blütenessenz zu erwecken.

Sie schaut ihn erstaunt an, als sie ihn erblickt. »Werner, du hier?«, meint sie und lächelt ihn an.

»Sag jetzt nix, was du hinterher bereuen tust«, meint der Doktor schnell und erklärt ihr, was geschehen ist. »Du hast eins aufs Auge bekommen und warst bis eben ohnmächtig. Man hat mich gerufen, um dich in die Wirklichkeit zurückzuholen, und das ist mir geglückt. Fünf Männer stehen hier und haben dich im Blick.«

Else fasst sich ans Auge, besser gesagt, sie erfühlt das rohe Stück Fleisch und bekommt einen Schreck. »Igittigitt, wat is dat da, Werner?«

»Fleisch für dein Auge. Aber das können wir jetzt auch abnehmen. Es wird ohnehin blau werden.«

»Helft mir mal hoch, Jungs.«

Alle fünf eilen herbei, aber nur Ernst und Friedje erwischen einen Arm und den Platz an Elses Seite und helfen ihr hoch.

»Danke, Jungs«, meint sie und streicht sich den Rock glatt. »Hui, so ein bisschen schwindelig ist mir ja schon.«

Sie trinkt jetzt das Glas Wasser aus, das Berti ihr hinhält, und blickt dann in die Männerrunde. Sie schaut einen nach dem anderen eindringlich an. »Feine Streithähne seid ihr.« Dann lacht sie, und alle lachen erleichtert mit. »So«, meint Else, »und nun, braten wir uns ein paar schöne Schweinelendchen. Wäre doch schade, wenn ich das da in den Mülleimer schmeißen würde.« Sie hält das Lendchen hoch, das auf ihrem Auge gelegen hatte. »Wenn ihr alle mithelft, geht es natürlich schneller.«

»Das machen wir«, tönen Helge und Friedje. Sie haben schon mehrmals mit Else gekocht, und das hat immer viel Spaß gemacht. Auch die drei Bazis wollen mithelfen.

Nur der Herr Akquisiteur entschuldigt sich. »Verzeihen Sie, liebe Oma Else, aber ich muss ein bisschen frische Luft schnappen. Der Schreck sitzt mir noch immer in den Gliedern. Ich komme später wieder.« Und schon verschwindet er nach draußen.

Die anderen gehen in die Küche. Gleichzeitig kommen Kriminalhauptkommissarin Denkewitz und Dorfpolizist Hinercks bei Else an und setzen sich erschöpft ans Fenster.

KAPITEL 8

Frau Denkewitz drückt sich an die warme Heizung, die Oma Else kurz zuvor aufgedreht hat, und schließt die Augen. Else macht immer gegen Abend, wenn es frisch wird, die Heizung an, auch im Hochsommer. Da sie ja gleich hinterm Deich die Biogasanlage von Helge haben, ist das Heizen nicht so teuer.

Hinercks schaut auch etwas unterkühlt drein. Da am Deich war es doch ziemlich kalt. Na ja, er hat ja auch freundlicherweise der Kommissarin seine Jacke überlassen. Nun ist auch er froh, als er spürt, dass es in Elses Stube allmählich warm wird. Auch seine Laune wird langsam besser. Auf einer Skala von null bis zehn wäre er bei vier, acht ist normal bei ihm, da muss er noch hin.

Aber die Aussichten auf bessere Laune sind nicht so gut. Immerhin wurde da ein Toter angeschwemmt, den keiner kennt.

Else schaut gerade aus der Küche heraus. »Hallo,

Hinercks, hallo, Frau Kommissarin! Hab schon gehört, wat da am Deich angekommen ist. Ist bestimmt nicht schön, so 'ne Leiche zu finden.«

»Da machen Sie sich mal keine Gedanken, Else«, meint die Kommissarin freundlich und hält die Augen noch immer entspannt geschlossen, »in meinem Beruf habe ich ständig damit zu tun.«

»Ich nicht«, sagt Hinercks leise. Er schaut nicht auf und hat seinen Kopf in die Hände gelegt und die Arme auf den Tisch gestützt. »Ich kann gar nicht glauben, dass uns so etwas hier passiert.«

Wer Hinercks jetzt genau betrachten würde und ihn zudem noch gut kennt, würde merken, dass er nicht voller Mitleid ist, sondern echt happy. Sein Inneres jubiliert. Endlich ist da was los in Osterhever, endlich hat er als Polizist mal was Richtiges zu tun. Außerdem ist die Kommissarin echt nett zu ihm und behandelt ihn nicht wie einen kleinen Dorfpolizeifuzzi, nein, sie ist ihm gegenüber respektvoll und bezieht ihn in ihre Überlegungen zur Aufklärung des Falls mit ein. Ja, das ist jetzt ein richtiger Fall. Da braucht man ihn und sein ganzes Know-how. Ha!

Die Kommissarin hat so ein modernes Handy, so was hat Hinercks zwar schon gesehen, aber er selbst hat so eines nicht. Alle Fakten, die sie bisher über die Leiche sammeln konnten, hat sie fein säuberlich dort hineingetippt. Das hat Hinercks genau gesehen, denn er hat bewundernd danebengestanden und gestaunt, wie sicher und schnell sie damit umging.

Nun schaltet sich Else wieder ein, die die beiden für einen Moment mitleidig betrachtet hat. »Wat kann ich euch beiden denn bringen? Vielleicht 'nen warmen Tee? Wir sind da gerade in der Küche am Brutzeln, also da könnt ihr auch gleich noch wat Warmes bekommen. Lendchen mit Kartoffeln und Gemüse.«

Hinercks freut sich, das sind gute Aussichten. Seine Gute-Laune-Skala steigt, nun ist er schon bei fünf. Als er jetzt allerdings Oma Else anschaut, sinkt die Skala automatisch. Er springt entsetzt von seinem Stuhl auf.

Die Kommissarin erschrickt ebenfalls, denn sie hatte ja die Augen geschlossen. Sie springt auf und greift an ihr nicht vorhandenes Holster, das sie eigentlich an der Brust bei sich führt. Darin steckt immer ihre Walther P99. Sie flucht augenblicklich. »Verdammt, Hinercks, was soll das? Was ist denn passiert?«

»Tut mir leid«, meint er zunächst, denn er wollte Frau Denkewitz ja nicht so übel erschrecken. »Schaun Sie sich mal Oma Else an.« Er zeigt auf ihr Auge.

»Herrje noch mal, wie ist denn das passiert?«, fragt Lisa Denkewitz und zischt so schmerzfühlend durch die Zähne, dass die Spucke geräuschvoll ins Gurgeln kommt. Sie sieht Else ziemlich überrascht ins Gesicht.

»Das war ein kleines Versehen«, schallt es nun von der Küche her. Die Klapptür öffnet sich, und heraus tritt Werner Albert, der Doktor. »Else ist bei mir in Behandlung. Das Auge steht unter meiner Aufsicht, alles wird gut. In einer Woche sieht man nichts mehr von dem Veilchen. Bis dahin wird es sich allerdings noch toll verfärben.« Nun grinst er breit.

»Else, du musst mal nach den Lendchen sehen.« Ein herrlicher Duft kommt aus der Küche. Hinercks Skala steigt wieder auf fünf.

»Bin gleich da«, meint Else und schaut Hinercks und die Kommissarin fragend an.

»Ich hätte gerne einen Tee«, sagt Frau Denkewitz.

»Ich auch«, meint Hinercks, ohne weiter zu überlegen. Bevor Else allerdings in der Küche verschwindet, ruft er ihr noch hinterher: »Mit einem kleinen Schüsschen.«

Die Kommissarin schaut Hinercks streng an.

»Eigentlich habe ich heute frei«, sagt er entschuldigend, »und irgendwann muss doch auch mal Schluss sein.«

»Ich bin im Urlaub hier«, meint sie daraufhin.

Else schwingt durch die Klapptür und bringt den Tee, den sie wohl schon vor einiger Zeit in der Küche vorbereitet hat, denn so schnell würde es sonst gar nicht gehen können, weil Tee ja so seine zehn Minuten ziehen muss.

Frau Denkewitz fragt nach dem Tee mit Schüsschen. Else will ihn gerade Hinercks hinstellen, aber die Kommissarin möchte diesen unbedingt probieren. »Bitte für mich«, meint sie und grinst Hinercks an.

Er grinst zurück. Allerdings vergeht ihm das Grinsen, und seine Skala sinkt auf vier, als er den Tee probiert, der eigentlich für die Denkewitz gedacht war. Er schmeckt lasch und ist zudem noch bitter. Doch er versucht, sich das nicht anmerken zu lassen.

Frau Denkewitz kostet von Hinercks Tee, verschluckt sich sogleich und ringt nach Luft. »Das soll ein Schüsschen sein? Das ist ein Schuss, und was für einer. Also, wenn Sie nichts dagegen haben, dann würde ich doch gerne wieder tauschen.«

Hinercks hat natürlich nichts dagegen. »Na, das muss ich mir noch einmal überlegen«, meint er mit ernster Miene, um sie zu foppen. Dann grinst er sie aber an und sagt erleichtert: »Das mache ich wirklich gerne.« Als er dann von seinem Schüsschen-

Tee trinkt, ist die Welt für ihn wieder in Ordnung und die Skala steigt auf fünf. Er atmet wohlig aus.

Auch die Kommissarin nimmt einen Schluck und ist beglückt über die Wärme und den Wohlgeschmack. »Hmm, was für ein Genuss! Der schmeckt wirklich gut. Danke, dass Sie darauf verzichten.«

»Och, das habe ich wirklich gerne für Sie getan.« Hinercks fragt sich allerdings, von welchem Genuss und Wohlgeschmack sie bloß spricht. Dann muss er wieder an den Toten denken.

Die Spurensicherung hat ihre Arbeit getan, die Leiche ist abtransportiert worden und wird nun in der Gerichtsmedizin genauer unter die Lupe genommen. Hinercks ist gespannt, ob man eine Fremdeinwirkung finden wird, die zum Tode geführt hat.

Bisher hat die Kommissarin in ihr Handy getippt, dass der Mann, vielmehr die Leiche, eine Verletzung im Gesicht hat, die konnte man eigentlich ganz gut erkennen. Ansonsten hatten er, die Kommissarin und die Typen von der Spurensicherung auf die Schnelle nichts erkennen können.

»Und Sie haben den Toten wirklich noch nie zuvor gesehen?«, fragt die Kommissarin, nachdem sie ihre Tasse Tee getrunken hat.

»Nö«, meint Hinercks. Eigentlich hat er keine

Lust mehr auf diese Art von Befragung, schließlich haben sie ja schon am Deich darüber gegrübelt.

»Könnte er ein Urlauber sein?«

»Schon möglich.«

Zum Glück stellt sie nun keine weiteren Fragen mehr, denn Else, die bayrischen Jungs und der Doktor sind mit Kochen fertig. Der Doktor hat schon in der Küche gegessen, denn er muss noch einmal los, zu einem Kranken, der Fieber und so hat, aber er will später noch einmal zu Else zurückfahren.

In Windeseile werden Tische zusammengeschoben, alle Anwesenden finden Platz und haben einen feinen, duftenden Teller vor sich. Else sitzt am Kopfende und meint: »Guten Appetit.« Dann legen alle los und mampfen wie die Verrückten.

Für einen Moment ist es still in der Goldenen Möwe, von den Essensgeräuschen mal abgesehen. Aber dann klingelt das Telefon, dieses tolle Ding von Frau Hauptkommissarin Denkewitz.

Sie gibt nur ein »Hmm« von sich, und dann folgt ein erneutes »Hmm«, dann »Hmm, hmm, ist gut. Dann weiß ich Bescheid, ich melde mich wieder.«

Alle schauen Frau Denkewitz fragend an, doch sie schiebt sich ihren letzten Happen in den Mund und kaut genüsslich.

Helge ist fertig und steht auf. »Else, sei mir nicht böse, aber ich muss jetzt wieder los. Danke für das lustige Kochen, schreib den Betrag für das Essen ruhig auf meine Rechnung. Ich möchte dich nicht unnütz schröpfen.«

»Ach, Kinners«, meint Else, »heute ist doch für mich ein Tag zur Freude. Herr Großmann will mein Land, und ich kann bald in Ruhe in Husum leben.«

»Wat willste denn in dem langweiligen Altenstift da? Hier ist wenigstens wat los«, schaltet sich nun Hinercks ein, »in Husum, da sitzte auf deinem Balkönchen und schaust hinunter. Na toll.«

»Das ist ganz gemein von dir«, meint Friedje giftig, »du weißt genau, dass Else kaum Geld einfährt mit der Pension.«

»Aber sie hat uns.«

»Nun hört auf zu streiten«, sagt Else, »ich habe keine Lust, noch ein zweites blaues Auge zu bekommen. Wo ist eigentlich der Akquisiteur? Der wollte doch eigentlich nur mal Luft schnappen. Den habe ich völlig vergessen. Ach, und eigentlich habe ich ja noch einen weiteren Gast. Wo ist denn der abgeblieben?«

»Die werden schon wieder auftauchen, spätestens als Leichen.« Helge lacht blöde.

Alle schauen ihn entgeistert an.

»War doch nur so ’n blöder Scherz. Ich mein ja nur«, sagt Helge. »Macht’s gut, ich muss jetzt heim.« Er schließt nahezu geräuschlos die Tür hinter sich. Dann hört man, wie draußen seine Fahrradreifen auf den kleinen Steinen knirschen.

»Wollt ihr noch einen Absacker?«, fragt Else, um die unangenehme Stimmung, die Helge erzeugt hat, zu vertreiben.

»Jo«, klingt es tönend aus den Männerkehlen, und Else verschwindet.

»Ich hätte gerne noch einen Tee«, ruft Frau Hauptkommissarin Denkewitz.

KAPITEL 9

Helge lässt sich den Wind um die Nase wehen. Er fühlt sich doof, so wegen der Bemerkung eben und so. Eigentlich ist er doch ein ganz Lieber, harmlos eben, er kann selbst einer Fliege nichts zuleide tun und fängt sie mit der Hand. Aber das mit der Leiche da am Meer, also irgendwie überfordert ihn das emotional.

Seinen Lieblingsweg am Deich entlang kann er jetzt leider nicht wählen, dafür ist es einfach zu dunkel.

Er muss, von Oma Elses Hof kommend, ein Stück am Feld entlang. Den Rest des Wegs bis zu seinem eigenen Hof will er dann auf der Straße fahren. Das macht er eigentlich nicht so gerne, wegen der Raser, obwohl es so viele ja hier nicht gibt. Manchmal machen sich allerdings die Bauern selbst einen Spaß daraus und fahren mit ihren Treckern um die Wette. Zumindest könnte man meinen, dass es so ist.

Wenn hier hinterm Deich Gülle oder Heu gefahren werden, dann fragt man sich schon, wo die alle herkommen, die großen Maschinen, und wo die alle hinwollen. Dann ist hier echt ganz schön was los. Aber meist sind das nur so ein paar Tage und dann ist der Treckerspuk wieder vorbei, dann normalisiert sich das Ganze wieder.

Also, im Moment wird zumindest kein Heu gefahren, das war schon. Deshalb meint Helge auch, in wenigen Minuten auf der Straße weiterfahren zu können.

Er fährt nun auf dem Feldweg entlang, der ist nicht sehr breit. Na ja, gerade breit genug für ein Auto. Rechts neben ihm ist ein kleiner Graben und links neben ihm auch. Da darf er nicht hineinfahren, das weiß er, und deshalb passt er gut auf. Er schaut konzentriert auf den Weg und ist froh, dass der Mond da oben am Himmel steht und recht gut Licht spendet.

Jetzt hört er aus der Ferne ein Auto kommen. Es ist ziemlich schnell unterwegs, das kann Helge deutlich hören. »Wie gut, dass ich mit meinem Fahrrad noch nicht auf der Straße unterwegs bin«, geht es ihm durch den Kopf.

Das Auto nähert sich und nähert sich, bald wird es auf seiner Höhe sein, da hört Helge plötzlich einen heftigen Knall. Das Auto scheint etwas abbekommen zu haben, denn die Reifen quietschen und der Fahrer bremst ab. Doch plötzlich nimmt das Fahrzeug wieder Fahrt auf, beschleunigt und fährt weiter.

Mein Gott, denkt Helge, *das Auto muss jemanden oder etwas erwischt haben. Vielleicht ein Tier? Aber das kann doch nicht wahr sein, dass der Typ einfach weiterfährt.* Für Helge steht fest, dass es ein Mann ist, der da hinter dem Steuer sitzt.

Jetzt schiebt sich eine Wolke vor den Mond und es wird finster.

So ein Schrott, denkt Helge. *Jetzt kann ich nicht sehen, was da im Graben liegt, und nach Hause finden ist auch schlecht.*

Helge beschließt, wieder zu Oma Elses Pension zurückzuradeln. Genauer gesagt, macht er kehrt marsch und schiebt sein Fahrrad.

Derweil Helge zurückkehrt, sitzt Gruber irritiert in seinem Auto. Was war das da eben für ein Gegenstand auf der Straße, den er für den Hauch einer Sekunde vor seinem Auto gehabt hatte? Nicht direkt davor, sonst wäre er womöglich darübergefahren. Aber irgendetwas hatte er gestreift. Na egal, bestimmt hatten die depperten Nordfriesen irgendetwas auf der Straße liegen lassen. Vielleicht war es ein Heuballen. Die Ballen lagen doch überall auf den Feldern rum. Vielleicht hatte den jemand von seinem Wagen verloren.

Auf einen mehr oder weniger kommt es ja wohl nicht an, denkt Gruber. *Aber ich hätte einen schönen Unfall bauen können, wenn ich so gegen einen Baum gefahren wäre. Wer hätte mich hier gefunden? Hier ist niemand weit und breit, keine Menschenseele.*

Irgendwie war heute ein blöder Tag, findet Gruber. Eigentlich war er zum Entspannen an die Nordsee gekommen. Und da hatte ausgerechnet dieser blöde Naturschutzheini Ebhard auftauchen müssen. Wie hieß er noch gleich mit Vornamen? Karl-Heinz oder so ähnlich. Das war aber auch eigentlich völlig egal, denn auf Du und Du würde es ohnehin zwischen ihnen beiden nie hinauslaufen, dafür machte der Typ es ihm einfach viel zu schwer.

Aber dem hatte er es ja nun gezeigt. Dem hatte er einen Haken verpasst, der hatte gesessen, und den hatte er schon so lange in der Faust, der hatte einfach rausmüssen. Rumms! Gruber spürte noch die Wucht, die sein Schlag gehabt hatte. Das würde sich der Typ merken und ihn hoffentlich für die nächste Zeit in Ruhe jagen lassen.

Dennoch war sein Tag verdorben gewesen. Er war nach Tönning gefahren und hatte sich dort in eine Kneipe gesetzt. Da hatte er sich mehr oder weniger die Dröhnung gegeben, aber nicht mit Alkohol, sondern mit Tee. Gruber trank nicht viel Alkohol, er mochte zwar ab und an mal ein Gläschen Rotwein, so zum leckeren, selbst erlegten Wildbraten. Aber berauscht sein davon, das hat er einmal gehabt und sich dann geschworen, das Zeug nie wieder so überdosiert zu sich zu nehmen.

Er ist nämlich vor einiger Zeit ziemlich betrunken auf seinen Lieblingshochsitz im Teutoburger Wald geklettert, bei Bielefeld in der Nähe, wäre glatt hinuntergestürzt und hätte sich das Genick gebrochen, wenn ihn seine Hosenträger nicht gerettet hätten. Dumm war es schon, dass er da so lange in der Luft gezappelt hat und ihn der Schritt seiner Hose unangenehm in die Leisten und sonst wohin schnitt. Dennoch ist er am Leben geblieben. Ein Spaziergänger hat ihn am nächsten Morgen da oben baumelnd gefunden und ziemlich irritiert die Polizei gerufen, die mit Hund und einer Leiter angekommen war und ihn schließlich aus der misslichen Lage gerettet hat. So ist ihm nichts passiert.

Er hat noch nicht einmal seinen Jagdschein einbüßen müssen, denn die Polizisten, es waren zwei, ein schlanker kleiner und ein dicker großer, kamen gar nicht auf die Idee, ihn ins Teströhrchen pusten zu lassen, sondern glaubten ihm, dass er unter Schwindel litt und bei einer Blutdruckattacke ausgerutscht und gestürzt ist.

Der kleine Polizist kannte sich gut mit Blutdruckbeschwerden aus und empfahl ihm ein wirksames Mittel. Er solle aber bitte schön trotzdem zum Arzt gehen, befahl er ihm.

Der Große bewunderte Grubers Hosenträger. Die waren aus derbem Hirschleder, und das fand er toll. Er meinte, dass es schwierig sei, für seine Größe und seine Figur passende Hosenträger zu bekommen, und wollte wissen, wo der Herr Jäger, er kannte ja Grubers Namen nicht, die haben nicht gefragt und Gruber hat sich nicht freiwillig vorgestellt, also, wo er die denn herhabe. Gruber hat sie allerdings geschenkt bekommen und wusste auch nicht, woher der Schenker sie hatte.

Gruber bremst etwas ab, nachdem er das unbekannte Objekt gestreift hat, und schaut, ob er so im Vorbeifahren irgendwas entdecken kann. Aber da es stockfinster ist, kann er links und rechts von der Straße nichts sehen. Nur einsame Schwärze.

»Ob das eine Wildsau war, die ich da gestreift habe? Hätte ich anhalten müssen?« Für einen Moment ist er verunsichert, ihm wird heiß vor Entsetzen. Sollte er noch einmal umkehren? »Nö«, entscheidet er sich dann aber. »Der Aufprall wäre sicher heftiger ausgefallen«, beruhigt er sich. »Aber verflixt, irgendwo muss doch hier die

Einfahrt zu der komischen Pension sein! Vermaledeit, hab ich die übersehen oder wie?« Gruber hält Ausschau nach einer Einfahrt und fährt ein ganzes Stück weiter. Irgendwie sieht bei Nacht eben alles anders aus. Das hätte er auch vorher wissen können, wenn er mal drüber nachgedacht hätte. Weit und breit gibt es keine Wendemöglichkeit. Die Straße geht einfach nur geradeaus. Aber dann macht sie eine unerwartete Rechtskurve, und gleich dahinter sieht Gruber die Einfahrt in einen Feldweg.

Er tritt in die Eisen, bremst ab und fährt in den Weg hinein, dass es nur so staubt, das sieht er in seinen Lichtern, dann kommt er zum Stillstand. Dieser Weg ist auf der falschen Seite, da ist er sich sicher, so viel hat er sich gemerkt, und die Pension befindet sich irgendwo vor der Kurve, auf der lang gezogenen Strecke. *Warum steht aber auch am Straßenrand kein Schild?*, denkt er frustriert.

Gruber macht den Motor wieder an, fährt rückwärts aus dem Weg heraus auf die Seite, auf der er wieder zurückfahren kann, um die Pension aufs Neue zu suchen.

Während er sich auf die Suche nach der Einfahrt zur Pension macht, ist Helge wieder dort angekommen und erzählt aufgeregt, was sich zugetragen hat. Frau Denkewitz und Hinercks sind ziemlich angeheitert, wegen verschiedenster Alkoholgetränke. Auch Else lacht ihn heiter an.

»Jetzt bei der Dunkelheit … können wir … ohnehin nichts mehr ausrichten«, meint er mit schwankender Stimme.

»Was soll da schon geschehen sein?«, meint einer von den Bazis. »Der Typ hinterm Steuer hat vielleicht nur wegen eines dahergekrochenen Igels gebremst und ist dann weitergefahren.«

»Irgendwie klang das aber anders«, meint Helge. »So, als wenn was durch die Luft geflogen wäre.«

»Hm, dann war's vielleicht 'n Vogel«, sagt Hinercks und lacht.

»Du hast selbst 'nen Vogel, Hinercks«, meint Helge, »du bist ja gar nicht mehr vernehmungsfähig.«

»Warum auch?«, lacht er. »Ich bin ja die Polizei. Und soll ich mich etwa selber vernehmen?« Er lacht wieder.

»Ach, geh mir doch fort«, schimpft Helge. »Ich habe gesagt, was ich gehört hab, und wenn ihr da nicht nachsehen wollt, dann ist das eben eure Sache.«

Heiko steht vom Tisch auf. »Ich muss jetzt auch los. Ich nehme die vier Blechbrüder mit. Helge, soll ich dich auch mitnehmen? Ich fahre allerdings hinten am Deich lang. Geht schneller für mich.«

»Gut«, meint Helge, nickt Hinercks noch zu und auch Hansis Schwester.

Aber die beiden beachten ihn nicht, Hinercks prostet gerade Frau Denkewitz zu und Frau Denkewitz Hinercks.

Auch Friedje schließt sich der Männertruppe an. Als sie vor Heikos Auto stehen, merken sie, dass da kein Platz für alle ist, wie auch? Nun kommt auch noch Hinercks rausgestürmt, dem einfällt, dass er jetzt auch nach Hause will. »Nehmt mich mit«, lallt er.

Jetzt stehen sie vor einem Problem. Heiko ist so gut wie nüchtern. Helge auch, aber er hat nur ein Fahrrad. Aber er hat auch eine Idee. »Wir machen dat so«, meint er »ich nehme Hinercks mit auf meinen megalangen Sattel. Ihr fahrt hinter uns her und leuchtet uns den Weg am Deich entlang.«

»Jo«, meint Heiko, »gute Idee. Bitte einsteigen, meine Herren.«

In diesem Moment kommt Gruber auf den Hof gefahren, er hat die Einfahrt zur Pension gefunden. Er ist erleichtert und hebt die Hand zum Gruß, als er sieht, dass sich die Männertruppe in Heikos Auto quetscht. Als er den Polizisten bei Helge auf dem Sattel sitzen sieht, kann er nur noch den Kopf schütteln. *Die sind ja echt crazy, die Friesen und die Bayern. O Mann*, denkt er, macht aber freundlich winkewinke.

Die Frauen von Friedje, Heiko und Hinercks haben bisher noch keine Beachtung gefunden, weil sie nämlich mit was Tollem beschäftigt sind. Und sie freuen sich ungemein, ihre Männer am heutigen Tag erst so spät wie möglich zu sehen. Sie haben nämlich heute Weibertreffen, und da feiern sie von mittags bis nachts.

Dann wird geschnackt und gelästert, gekocht und verschiedene Dessous ausprobiert, die eine Dame aus Husum im Koffer mit sich führt. Das macht den Deichfrauen einen Heidenspaß, das machen sie einmal im Vierteljahr. Da freuen sie sich schon Wochen zuvor drauf. Na ja, und den Männern gefällt es auch, wenn ihre Frauen zart gewandet und hübsch ausstaffiert werden.

O là là, denkt Friedje, der gerade so ein hübsches seidenes, durchscheinendes Nachthemd vor Augen hat. Er reibt sich die Hände und freut sich auf seine Ella.

KAPITEL 10

Frau Hauptkommissarin Denkewitz wird am nächsten Morgen aus dem Schlaf geklingelt. Sie fühlt sich elend und hat Kopfweh. Am gestrigen Abend hat sie noch ziemlich lange mit Else zusammen geredet und getrunken. Wo kann nur das verflixte Handy sein? Sie kann es nicht gleich finden, sie hat es gestern Abend irgendwo abgelegt, nur wo?

Lisa schlüpft erschöpft aus dem Bett. Sie ist dermaßen schlaftrunken, dass es ihr einfach nicht einfallen will. Deswegen muss sie die Melodie von *Mamma Mia* ertragen, die unaufhörlich als Klingelton erschallt, bis sie das dumme Ding endlich im Bad in die Finger bekommt und Abba bei der zehnten Wiederholung endlich zum Stoppen bringt. Erleichtert nimmt sie das Gespräch entgegen.

Es ist Martins von der Gerichtsmedizin, eigentlich ein sehr netter Kollege. Lisa Denkewitz denkt sich aber manches Mal, dass er einen kleinen oder auch größeren Haschmich hat, denn er findet es grandios, Menschen zu sezieren, um herauszufinden, warum sie denn nun das Zeitliche gesegnet haben. Lisa findet das absurd, aber natürlich ist sie froh, dass es jemanden wie ihn gibt, der ihr bei der Arbeit hilft. Denn wie soll sie sonst herausfinden, was der Wasserleiche zugestoßen ist?

»Der Typ hat ein erstklassiges Hämatom am Hinterkopf. Der muss auf etwas Hartes gefallen, geschlagen oder gestürzt sein. Wenn er über Bord gegangen ist, dann ist er ins Wasser gefallen. Aber wo ist dort etwas Hartes, bitte schön? Eine solche Verletzung kann er nur von einem harten Gegenstand bekommen haben, vielleicht einem Schlag auf den Hinterkopf. Um jemanden allerdings dort zu erwischen, müsste man einen Baseballschläger in der Hand haben, um zielgenau dorthin zu treffen. Bei einem geplanten Mord wäre das ein ganz schöner Anspruch, den ein Mörder an sich stellen würde. Eine Fremdeinwirkung konnten wir nicht direkt feststellen, denn die Spuren fremder DNA sind im Wasser verschwunden.

Falls du glaubst, der Typ sei bei Niedrigwasser oder im Watt gestürzt, dann müsstest du dich in der Nähe der Fundstelle einmal umsehen, ob du dort ein stumpfes, hartes Teil findest, das eine schwere Kopfverletzung bewirken kann, wenn man darauf stürzt.

Die genaue Todesursache ist das Ertrinken, er hat nämlich jede Menge Wasser in seiner schönen Lunge gehabt. Also, ich nehme an, er ist irgendwie in einem Boot gestürzt, hat sich dabei verletzt, ist über Bord gegangen und schließlich im Meer ertrunken.«

Nun holt er endlich Luft und unterbricht seinen Redefluss. Da er keine weiteren Erklärungen auf Lager hat, sagt er nur:

»Tschüss.« Und schon wird es still am anderen Ende.

Lisa kann endlich ausatmen. Meine Güte, hat er viel erzählt. Ob es sich wirklich so zugetragen hat? Aber wer ist der Typ eigentlich? Sie mussten unbedingt ein Fahndungsfoto in die Zeitung setzen.

Sie wählt Hinercks dienstliche Nummer, die er ihr gegeben hat, denn sie will ihn fragen, ob bei ihm eine Vermisstenanzeige eingegangen ist.

»Nö«, meint Hinercks. »Dergleichen habe ich nicht bekommen. Obwohl, was nicht ist, kann ja noch werden, will sagen, so 'ne Vermisstenmeldung kann ja noch im Laufe des Morgens kommen. Wie wäre es mit einem Kaffee bei Oma Else?«

Hinercks scheint schon recht fit zu sein, was allerdings auch kein Wunder ist. Als Lisa auf ihre Uhr schaut, sieht sie, dass es bereits nach neun Uhr ist. »Bin gleich unten«, beeilt sie sich zu sagen.

»Dito, ich bin auch gleich da«, meint er und legt auf.

Lisa lässt das Schlaf-T-Shirt mit Minnie Mouse aufs Bett fallen, schlüpft ins Bad und springt unter die Dusche.

Kurze Zeit später sitzt sie mit nassen Haaren an ihrem Tisch und nimmt gerade den ersten Schluck Kaffee, als Hinercks zur Tür hereinkommt.

Topfit und voller Tatendrang setzt er sich zu ihr an den Tisch und grinst. »Guten Morgen, Frau Kollegin. Na, gut geschlafen? Wat gibt es denn Neues?«

Frau Hauptkommissarin empfindet seine Stimme heute Morgen als schrill und viel zu laut. Das liegt aber sicher nicht an ihm, sondern eher an ihrem verkaterten Zustand.

Auch Else ist etwas einsilbig, als sie zur Tür hereinschaut. Sie nickt beiden zu und fragt Hinercks: »Wat willste denn?«

»Ich will 'ne tote Oma«, meint er. Als er ihren erschrockenen Blick sieht, tut ihm die Bemerkung leid. Else macht kehrt marsch zurück in die Küche, aber er ruft ihr noch hinterher: »Nee, Else, war nur 'n Späßchen, dafür ist es noch zu früh.« Dann sagt er lachend: »Bring mir einfach 'nen Kaffee, schwarz und ohne Zucker, bitte.«

Frau Denkewitz runzelt etwas die Stirn, erzählt

Hinercks dann aber, was die Gerichtsmedizin zur Todesursache sagt.

»Ertrunken«, meint er nachdenklich, »wie schrecklich.« Obwohl das ja eigentlich klar ist, denn die Leiche hat ja nun mal im Wasser gelegen und war eindeutig eine Wasserleiche. Ersoffener Mann eben, Anfang vierzig. Ob er dann zuvor noch einen Hieb oder was Ähnliches abbekommen hat, spielt eigentlich nicht mehr so die große Rolle. *Und ist ja auch gar nicht mehr herauszufinden*, denkt er, *wegen dem ganzen Wasser eben.*

»Hm«, gibt Frau Denkewitz von sich und schlürft von ihrem heißen Kaffee. »Wir sollten uns nachher gleich mal im Watt umschauen.«

In diesem Moment stürmt Helge zur Tür herein. »Meine Güte, da biste ja. Ich hab so ’n bisschen einen Filmriss gehabt. Hatte noch ’ne tolle Nacht daheim.« Er schüttelt so die rechte Hand, die sagen will: O là là, heiß war es.

Der ist ja voll neben der Kappe, denkt Hinercks, sagt aber nichts.

»Aber jetzt ist mir so einiges wieder eingefallen«, fährt Helge mit seiner seltsamen Erzählung fort. »Als ich hier so mit meinem Fahrrad unterwegs war … ganz zu schweigen von unserer gemeinsamen Radtour … bin froh, dass ich überhaupt lebend zu Hause angekommen bin. Aber was ich eben gesehen habe, das glaubt mir keiner, das ist … das ist der Hammer … das Entsetzen …« Helge wird bleich.

Hinercks springt auf und schiebt ihm gerade noch rechtzeitig einen Stuhl unter den Hintern, auf den er ächzend sackt.

»Herrje, Helge, wat is denn nun schon wieder? Du bist am Erzählen und Lamentieren, aber kapiert habe ich von dem Ganzen nichts. Du, Frau Denkewitz?«

Sie schaut wegen der Anrede etwas irritiert, aber schüttelt nur den Kopf und nimmt einen Schluck Kaffee, weil sie denkt: *Die spinnen doch echt, die Friesen. Was soll der denn schon erlebt haben? Hier ist doch weit und breit nichts los. Einen Toten haben wir schon, also, was soll denn da noch ach so Erschütterndes kommen? Vielleicht hat ihn seine Frau abgewiesen. Obwohl, er hat ja gerade angedeutet, dass er da was Heißes erlebt hat.* Es hilft nichts. Um zu erfahren, was sich da zugetragen hat, muss sie noch einmal bei Helge nachfragen. »Also, nun mal raus mit der Sprache, Helge. Nun erzählen Sie uns doch mal, was Sie da Tolles gesehen haben«, beginnt sie.

Hinercks findet, das klingt wie bei einer Vernehmung. Er ist ganz Ohr. So was hat er noch nie miterlebt, da kann er noch was lernen. Das kennt er nur aus dem Fernsehen. Aber diese Befragung findet nicht in der Ferne statt, sondern bei Else in der Pension. »Schöner Ort für 'ne Befragung«, findet er und blickt sich in der maritimen Stube um.

Hinercks setzt sich wichtigtuerisch hin. Er dreht zu diesem Zweck den Stuhl um, setzt sich breitbeinig drauf und fläzt sich an die Lehne. Er fühlt sich cool. Dann schaut er Helge an und äfft die Kommissarin auf Friesisch nach: »Nu ma Butter bei die Fische, wat ist los, Helge?«

Helge schaut Hinercks irritiert an. »Biste nun übergeschnappt? Ich hab den nicht umgebracht. Dat war die Sau.«

Meine Güte, denkt Hinercks, *der hat 'nen Schaden, aber so 'n richtigen. Aber 'n Toter hier bei uns, dat is ja auch wat Ungewöhnliches. Dat hatten wir noch nie.*

»Dat mit der Sau, dat kriegen wir noch raus, Helge«, versucht er, beruhigend auf Helge einzureden.

»Vielleicht war dat ja aber auch 'n Unfall«, sagt Helge.

»Das wäre noch zu klären«, meint die Kommissarin. Sie ist etwas irritiert von dem seltsamen Dialog zwischen den beiden, aber sie hofft, dass sich Helge bald wieder beruhigen wird und sie endlich mit Hinercks ins Watt spazieren kann.

»Ja, aber«, stammelt Helge, »wenn ihr von dem Toten wisst, warum seid ihr dann nicht bei dem?«

»Jetzt beruhige dich mal, Helge. Der Typ, also die Leiche, die Wasserleiche, ist doch längst in die Gerichtsmedizin gekommen und …«

Aber nun unterbricht Helge Hinercks und springt auf. »Also, den meine ich doch gar nicht. Nicht weit von hier liegt im Graben ein Toter, und auf dem liegt 'ne fette Sau.«

»Klar«, meint Hinercks, »nun bist de völlig übergeschnappt. Wat für 'n Toter und wat für 'ne Sau?«

»Da vorne im Graben hat 'ne Sau einen Mann unter sich begraben«, versucht es Helge noch einmal.

»Warum sagen Sie das denn nicht gleich?«, meint die Kommissarin.

»'ne Sau, wat für 'ne Sau?«, fragt Hinercks. Er wird blass und sieht nun genauso mitgenommen aus wie Helge.

»'ne Wildsau eben«, sagt Helge. »Schlichtweg 'ne Wildsau, 'ne Sau, 'ne Sau …« Dann fängt er an zu lachen.

Auch Hinercks fängt an, hysterisch »'ne Sau« zu brüllen und dann noch einmal und noch einmal, bis ein Schrei von der Küche her kommt.

»Ja, seid ihr nun völlig bescheuert? Abgedreht oder wie?«, ruft Else, um dem Lärm Einhalt zu gebieten.

»Ach du meine Güte«, meint nun die Kommissarin. »Was ist denn bei euch hier los? Das kann ja wohl nicht wahr sein. Wieso sollte denn so eine dahergelaufene Sau, die es hier ja wahrscheinlich eher selten gibt, ausgerechnet einen Mann tödlich umwalzen?«

»Vielleicht sollten wir uns den erst mal ansehen. Vielleicht lebt der ja noch«, meint Hinercks, »vielleicht zappelt der noch und ruft gerade um Hilfe.«

»O du meine Güte«, schreien nun alle vier wie die Wilden, springen auf und rennen gemeinsam zum Fundort.

Helge voran, weil er ja weiß, wo die Sau und wahrscheinlich der Tote liegen, dann Frau Denkewitz, die wieder ruft: »Nicht anfassen, auf keinen Fall anfassen.«

Dann kommt der bleiche Hinercks, der während des Laufens wieder Farbe ins Gesicht bekommt, und schließlich Else, die japsend hinterherläuft.

Als sie den Toten da unter der Sau im Graben liegen sehen, wird allen Anwesenden gleich klar, dass der Typ nicht mehr leben kann.

Hinercks meint: »Den kenn ich doch, den habe ich schon mal gesehen.«

»Meinste?«, fragt Helge, dem irgendwie übel ist.

Else schaut entsetzt und greift sich an den Mund. »Du meine Güte, dat ist doch der Herr Akquisiteur. Dat ist der Großmann, der gestern bei mir war, der …«, stammelt sie. »Du meine Güte.«

Dann sackt sie in die Knie und wird ohnmächtig.

KAPITEL 11

Hinercks ist völlig fertig. Klar wollte er einen Fall, aber genauso schnell, wie der erste kam, ist nun gleich ein zweiter da. *Ein weiterer Toter hinterm Deich, hier an unserer harmlosen, beschaulichen Nordsee, das kann doch wohl nicht wahr sein*, denkt er. So langsam wird ihm unheimlich. »Ich glaub es nicht«, meint er dann zu Frau Denkewitz. »Tod durch Sau, das hatten wir hier noch nie, Frau Kollegin. Also, hier bei uns hinterm Deich habe ich noch nie 'ne Wildsau gesichtet. Wo die herkommt und warum die sich hierher verirrt hat, ist mir völlig schleierhaft. Und warum die den Akquisiteur umrennt und abmurkst, auch nicht.« Hinercks kann seinen Redeschwall kaum unterbrechen, so aufgeregt ist er.

Vor seinen Füßen liegt Oma Else, etwas schief auf der Seite. Helge steht mit ziemlich deppertem Gesichtsausdruck daneben.

Die Einzige, die mitdenkt und reagiert, ist die

Denkewitz. »Also, Hinercks, nun mal ganz langsam, beruhigen Sie sich. Ich brauch jetzt mal die Nummer vom Doktor, damit der sich um Else kümmern kann. Dann schauen wir weiter. Okidoki?«

Wie die sich so ausdrückt, denkt er und sagt ihr dann die Nummer.

Leider hat sie kein Glück. Er geht nicht ran, sie will es gleich noch einmal probieren. Einstweilen schaut sich Frau Denkewitz mal um, so am Straßenrand und dann auch auf der Straße. Und dann sieht sie unweit der »Sauunfallstelle« Bremsspuren. Na, und schlau, wie unsere Frau Denkewitz nun mal ist, steht für sie fest, dass die Spuren etwas mit dem Unfall zu tun haben.

»Also, an einen geplanten Mord, bei dem sich die Sau selbst umbringt und den Mann mit in den Tod reißt, glaub ich eigentlich nicht«, meint Hinercks völlig fertig. Eigentlich ist er nahe an einem hysterischen Ausbruch.

Der Spruch war natürlich ein Scherz. Dennoch schaut ihn die Denkewitz etwas entgeistert an. »Ha, ha, guter Witz«, sagt sie leicht genervt. »Ich denke, die Sache war so: Ein Auto ist viel zu schnell gefahren und hat das Schwein abbekommen, das Schwein hat den Akquisiteur erwischt, und schwups, hat ihr letztes Stündlein geschlagen. Vielleicht war die Sau noch am Leben, klar, vielleicht hat der Mann auch noch gelebt, aber Tatsache ist, dass nun beide tot sind. Also, ich rufe jetzt die Spurensicherung an. Für mich steht fest, hier geht es um Fahrerflucht mit Todesursache oder auch Todesfolge, falls die beiden armen Schweine da noch gelebt haben, also die Sau und der Mann, meine ich.« Jetzt ist Frau Denkewitz auch ganz schwurbelig im Kopf. Sie greift zu ihrem Handy und zitiert die Spurensicherung herbei, die verspricht, so schnell wie möglich zu kommen. Allerdings kostet es die Denkewitz einiges Überzeugungsgeschick, weil die nämlich denken, sie würden von der Frau Hauptkommissarin veräppelt.

»Gestern der eine Tote und nun noch ein weiterer, das kann ich jetzt nicht wirklich glauben«, meinte der Spurensicherungsheini, so hat es die Denkewitz dann den anderen erzählt. Aber schließlich ist der Bericht von ihr dann doch so überzeugend gewesen, dass sie sich sofort ins Auto schwingen wollen, um zu kommen.

Hinercks schaut sich das Gesicht vom Toten mal genauer an. »Nur so aus Interesse«, meint er.

»Der Typ hat einen seltsamen Gesichtsausdruck«, findet Helge. Schreck und Entsetzen sieht er in seinem Blick und so Worte wie: »Mist, jetzt ist es vorbei mit meinem schönen Leben.« Helge ist nicht schadenfroh, nein, er hat dem Typen zwar Übles gewünscht, aber so mit 'ner Sau auf der Brust zu sterben, ist ja nun nicht gerade erstrebenswert. Vielleicht ist er ja sogar Vegetarier gewesen.

Ein Gutes hat die Sache, denkt Hinercks. *So schnell wird ein Akquisiteur der Else nun nicht mehr das Land abkaufen.*

Helge nimmt sich vor, noch mal bei ihr nachzufragen, ob er das Land für etwas mehr Geld pachten darf. Vielleicht wird sie ganz froh sein, es als Wink des Schicksals sehen und endlich ihre absurde Idee zu den Akten legen, in ein Altenstift ziehen zu wollen.

Als sie nun so eine Weile da herumstehen und herumschauen, kommt ein Auto angefahren, bremst ab und fährt in den Weg herein. Heraus steigt Friedje mit seinem Hund.

Eigentlich ist Sir Henry, ein pfiffiger Mischling aus Schäferhund und Golden Retriever, ein braver Hund und hört aufs Wort. Als er nun aber Oma Else am Boden liegen sieht und gleichzeitig die Witterung der Wildsau aufnimmt, ist er völlig aus dem Häuschen. Er springt an Oma Elses Seite und schleckt ihr augenblicklich das Gesicht ab, dann dreht er sich im Kreis, schnüffelt wild auf dem Boden herum, bis er die Sau entdeckt, und nun fletscht er die Zähne und kläfft sie an, dass einem Hören und Sehen vergeht.

Friedje hat Mühe, seinen Hund von der Sau wegzuziehen. Der möchte zu gerne nach ihr schnappen, seine Zähne an ihr wetzen. Schließlich bekommt Friedje seinen Hund am Halsband zu packen und zerrt ihn ins Auto zurück. Dort bellt er dann weiter.

Währenddessen ist Oma Else wieder erwacht. Es waren die feuchte Zunge des Hundes und dann der Lärm, die sie wieder erweckt haben. »Ja, so was«, meint sie nur. »Wer hilft mir denn mal auf, bitte schön?«

Schon eilen die Männer herbei, und schließlich sind es Helge und Friedje, die ihr aufhelfen. Friedje hat im Auto einen Anglerstuhl, er angelt nämlich gerne, den holt er schnell aus dem Auto heraus, und Else sinkt erleichtert darauf nieder. Dort bleibt sie sprachlos eine Weile sitzen, und Friedje tätschelt ihre Schulter.

Hinercks sperrt derweil mit seinem tollen Absperrband die Fundstelle ab. Das Band hat er sich extra heute Morgen aus der Schublade seines Schreibtischs geholt, damit er wieder eines bei sich hat.

Wenige Minuten später kommt ein weiteres Auto angefahren. Es ist Hinercks Kollege Matz

Willdorn. Er wurde bisher nicht erwähnt, weil er bis gestern Urlaub hatte. Er hat die Tageszeitung dabei und holt sie gleich hervor. »Hallo, Hinercks, bin wieder da. Mensch, da is schon ma wat los hier und ich tu fehlen. So wat Dämliches. Es wird dich interessieren, wat da steht. Ganz vorne bist du mit drauf, also ich denke, das dat da deine Waden sind …«

»Jetzt zeig ma her«, unterbricht ihn Hinercks. Willdorn zeigt ihm das Bild, und Hinercks schaut es sich genau an. »Hm, das sind zünftige Waden, aber die gehören nicht zu mir, die sind von einem von den Bazis, die bei Heiko Urlaub machen.«

In diesem Moment kommt Gruber angefahren. Er wollte sich auf den Weg zum Einkaufen machen, Zeitung und Wasser holen und so. Nun steht er Friedjes Auto vis-à-vis gegenüber, und dahinter parkt ja auch noch das Auto von Hinercks Kollegen.

»Guten Morgen«, sagt Gruber und bleckt die Zähne zu einem Lächeln. Er wirkt frisch und gut gelaunt. Er hat sich vorgenommen, den heutigen Tag entspannt anzugehen, nachdem der gestrige Tag so voller Unsinn verlaufen ist. »Was ist denn hier passiert? Fröhliches Treffen im Feld, hoho? Was macht denn die Oma da auf dem Anglerstuhl? Da gibt's doch gar nichts zu angeln. Die Oma habe ich übrigens vermisst, ich wollte nämlich noch Kaffee nachhaben. Na, Schwamm drüber, hoho.«

Keiner zeigt richtiges Interesse an Gruber, er sieht so obertypisch wie ein Jäger aus und passt mit seinem grünen Outfit einfach nicht an die Küste.

Gruber stellt sich neben Hinercks und schaut nun neugierig mit in die Zeitung. Wenn er sie schon nicht kaufen kann, weil eine Fahrzeugblockade ihn davon abhält, dann will er doch wenigstens bei dem Polizisten da mit reinlesen.

Augenblicklich verliert sein Gesicht jegliche Farbe. Er kann nicht glauben, was er da sieht. Gruber schaut nämlich direkt in das blöde Gesicht von dem elenden Naturschutzheini, der ihm doch gestern erst begegnet ist. Ist der Kerl hier etwa ein VIP oder was? Er wendet sich ab und empört sich. »Den kenn ich, den elenden Dreckskerl da. Warum wird denn über den was geschrieben? Das kann ja wohl nicht wahr sein.«

»Sie kennen den?«, fragt Frau Denkewitz.

»Kennen, na klar, der macht mir das Leben seit Langem schwer. Der kauft so viel Fläche bei uns im Teutoburger Wald auf, dass ich da bald nicht mehr jagen kann. Dabei jage ich schon immer da. Aber der ist ja so ein blöder Naturschutzfuzzi, der scheint ja überall Flächen aufzukaufen. Gestern war ich im Watt, da ist der mir begegnet. Aber ich habe mich von dem nicht blöd anreden lassen. Ich habe dem eine geknallt, dem Blödmann …« Gruber steht breitbeinig vor Frau Denkewitz, hat die rechte Hand zur Faust geballt und schaut in ihr Gesicht. Als er so in seinem Redefluss war, hat er gar nicht bemerkt, dass sich ihr Gesichtsausdruck verändert hat. Doch nun schaut er genauer hin und ist doch etwas irritiert. Hat er was Falsches gesagt? Mögen die ihn? Ist sie mit ihm verheiratet, verwandt oder verschwägert? »Ja, nun wüsst ich aber schon gerne, warum der da in der Zeitung abgelichtet ist. So ganz vorteilhaft ist das Bild, glaube ich, nicht. Will der hier etwa auch Flächen aufkaufen?«

»Nö«, meint Frau Denkewitz, »und wenn er das vorhatte, geht das jetzt nicht mehr.«

»Das ist gut«, meint Gruber. »Haben die ihm hier den frechen Mund gestopft? Gehört sich auch so.«

»Herr … Herr …?«, unterbricht ihn Frau Denkewitz. »Wie ist noch gleich Ihr Name?«

»Gruber«, meint Gruber und grinst, »Helmut Gruber.«

»Herr Gruber«, meint Frau Denkewitz, grinst aber nicht, »der Naturschutzfuzzi, wie Sie ihn nennen, ist tot. Er wurde gestern als Wasserleiche am Deich angespült.«

»Ach«, meint Gruber, »aber das geschieht dem

recht, dem Fuzzi. Ha, jetzt habe ich endlich meine Ruhe. Dennoch, er hätte ja nicht gleich auf ewig verschwinden müssen. Woran ist er denn gestorben?« Grubers Stimme klingt nun doch ein klein wenig betroffen.

»Schlag ins Gesicht und Sturz auf einen dumpfen Gegenstand. Aber letztendlich ist er ertrunken.«

Gruber wird blass, in seinem Hirn rattert es. Was hatte sich gestern zugetragen? Wie war das noch gewesen? Bilder spulen sich ab. Hatte da ein Gegenstand im Watt gelegen? Er hatte nichts gesehen. Nein, da war nichts gewesen, außer dem Blödmann, der ihm das Leben schwer machte, und Watt und Meer und Wind und Sonne.

»Also …«, er stottert, »… ich würde jetzt gerne mal weiter.« Gruber ist das Naturschutzfuzzi-Problem los, und er beschließt, in diesem Augenblick nicht weiter darüber nachzudenken. Jetzt will er sich in Ruhe die Zeitung kaufen und ausführlich darin lesen. Er geht zu seinem Auto.

Frau Denkewitz folgt ihm, weil es auch in ihrem Hirn rattert.

Hinercks und die anderen stehen staunend da.

»Was ist denn das für einer? Erzählt so frei, was er mit dem Toten gemacht hat, ohne was Schlimmes dabei zu finden oder gar das Gefühl zu haben, wir könnten was dabei finden. Hat er bei dem Schlag den Mann tödlich verletzt? Hat er die Sache geplant, weil er den Typen so verachtet hat? Was ist Herr Gruber für einer?« Jetzt sieht sie eine Beule an Grubers linkem Kotflügel. »Ja, was haben wir denn da gemacht?«

»Wieso wir?«, meint Gruber und grinst, er scheint seine Fassung zurückgewonnen zu haben. »Hahaha, war nur ein Späßchen. Ja, was haben wir denn da?« Er schaut sich seinen Kotflügel an und kann es selbst kaum glauben, denn die Beule hat er vorher gar nicht gesehen. Er wird wieder blass und ärgert sich. »So was Dummes aber auch«, meint er dann, »da hat gestern so ein blöder Heuballen auf der Straße gelegen, dem musste ich ausweichen. Aber den habe ich wohl noch irgendwie vors Auto bekommen.«

»Muss ja ein ganz schön harter Heuballen gewesen sein«, meint Helge, der seine Sprache wiedergefunden hat.

»Sie mussten also bremsen«, meint Frau Denkewitz etwas sachlicher.

»Ja, etwas.«

Jetzt kommt ein Auto angefahren und stellt sich hinter das von Hinercks Kollegen.

Willdorn staunt sehr, als weiß gekleidete Herren mit Koffern aussteigen.»Ja, wat woll'n denn die hier? Alles wegen Oma Else, oder wie? Sind dat Ärzte?«

»Nö«, meint Hinercks und knufft ihn in die Seite, »die waren gestern auch schon da, die kommen wegen dem Toten.«

»Wieso wegen dem Toten? Ich denke, der liegt am Deich und wurde bereits gestern gefunden. Also, eigentlich wäre es schon komisch, wenn der noch immer da liegen würde«, meint Gruber.

»Da kann ich Sie beruhigen«, sagt Frau Denkewitz, »natürlich liegt der in der Rechtsmedizin, sonst hätten wir doch gar nicht die wirkliche Todesursache herausfinden können. Hier liegt aber noch ein Toter, nämlich gleich da vorne im Graben. Deswegen stehen wir übrigens auch alle hier.«

Gruber wird blass und einsilbig zugleich, als er den Mann unter der Sau begraben sieht. Eigentlich sieht er zunächst nur die mächtige Sau und kann sich über das Prachtstück kaum einkriegen. »So ein Tier möchte man doch erlegen, aber hier so auf der Straße, was für ein Verlust, du meine Güte.«

Frau Denkewitz wird langsam sauer. »Mensch, Gruber, nun halten Sie aber mal die Luft an und schauen Sie genauer hin. Unter dem blöden Prachtstück liegt ein Mann begraben. Er ist höchstwahrscheinlich von dem tollen Tierchen zerquetscht worden.«

»Nun machen Sie aber mal halblang«, meint Gruber. »Warum sollte denn eine Sau so mir nichts, trallala, einen Menschen anspringen und zerquetschen? Jedem Tierchen sein Pläsierchen, oder wie?«, meint er und hat einen echt frechen Ton. »Die arme Sau ist höchstwahrscheinlich von so einem blöden Autofahrer angefahren worden, der hier halsbrecherisch entlanggefahren ist.«

»Hmm, das könnte tatsächlich so sein«, meint die Denkewitz.

Gruber wird blass, weil ihn alle so anstarren. Hat er sich im Ton vergriffen? »Also, wenn ich mich gerade zu laut aufgeregt habe, dann tut es mit wirklich leid. Wann ist das denn passiert?«

»Das werden wir bald herausgefunden haben. Dafür ist die Spurensicherung, aber vor allem die Gerichtsmedizin da. Bitte bleiben Sie hier in der Nähe. Wir wollen ja noch nach dem Heuballen suchen und Ihr Auto deswegen anschauen.«

»Ach ja«, meint Gruber, »aber Sie müssen nicht so viel Aufhebens wegen meinem Auto machen. Das ist für mich eigentlich nur ein fahrbarer Untersatz. Ich hab es nicht so mit Autos, ich gehe lieber zu Fuß. Was natürlich hier bei Ihnen auf dem flachen Land nicht so gut möglich ist. Wenn ich hier per pedes zum Bäcker wollte, wäre ich ja tagelang unterwegs. Da würde ich, bis ich wieder zurück wäre, längst verhungert und verdurstet sein. Also, für mich ist das wirklich nicht wichtig, Beule hin oder her.«

»Für uns ist es aber von allergrößter Wichtigkeit, Herr Gruber«, meint Frau Denkewitz streng.

Gruber schaut Frau Denkewitz etwas irritiert an. Er mag ihren Ton nicht. »Schon gut«, versucht er einzulenken. »Wenn es denn so wichtig für Sie ist, Gnädigste.«

Bei dieser Bezeichnung erwacht Else wieder zum Leben, sie hat die ganze Sache wie ein Schauspiel beobachtet. *Dat ist ganz schön spannend, was die da machen, wie im Fernsehen,* denkt sie.

»Fragt sich nur, wie ich dann heute so umherfahren kann?«, meint Gruber. »Ich bin ja schließlich nicht an die Nordsee gefahren, um blöde herumzusitzen oder mir die Beine in den Bauch zu stehen. Ich wollte heute einen schönen Ausflug machen.« Nun wirkt er fast ein bisschen maulig.

Er tut Oma Else leid und sie mischt sich ein. »Herr Gruber«, meint sie, »Sie können meinen alten VW Käfer nehmen. Ich fahre den sowieso nicht im Moment, und der freut sich, wenn er bewegt wird.«

»Das ist aber sehr nett von Ihnen«, meint Gruber. Er lächelt und sie lächelt zurück.

»Das Auto dürfen alle meine Gäste nehmen, manche kommen ja auch mit der Bahn an und wollen hier mobil sein. Mein alter VW hat sich schon sehr bewährt. Er steht hinten unter dem Carport. Sie können ihn nicht übersehen, er ist knallrot.«

»Oh, wow, das ist super«, meint Gruber, »ich wollte schon immer mal mit einem Oldtimer herumfahren.«

Die Umstehenden schauen ihn fragend an. »Meint der das ernst, was der da sagt, oder war das ein blödes Späßchen von dem Grünen da?«

Also, ein grüner Jägersmann in einem roten Auto, das ist eigentlich ein Witz, denkt Gruber.

Über die Grünen, also die Anhänger dieser Partei, wird auf Eiderstedt ziemlich geschimpft.

Da soll sich der Jägersmann aber mal in Acht nehmen, denkt Hinercks. *Bei denen heißt es doch so freundlich auf den Plakaten: Diktatur im grünen Gewand.*

»Also, wenn es jemand auf einen Grünen abgesehen hat, dann muss der Herr Gruber aber wirklich gut aufpassen.«

Sie hatten schon so manche Gemeinderatssitzung gehabt, bei der die Fetzen geflogen sind, verbal natürlich, aber sie hatten sich echt heftig an die Köppe gekriegt.

»Und was mach ich mit meinem Auto?«, fragt Gruber.

»Ja, also …«, meint Hinercks.

»Das bleibt einfach da stehen«, fällt ihm Frau Denkewitz überzeugend ins Wort. »Geben Sie uns einfach die Schlüssel, und dann kümmern wir uns schon darum.« Sie lächelt.

Helmut Gruber nicht, er fühlt sich überrumpelt.

»Ach ja«, meint Oma Else, »die Autopapiere sind übrigens vorne im Handschuhfach.«

»Ach ja«, sagt Gruber, »meine ebenso. Und denken Sie an den Heuballen, der muss irgendwo im Graben liegen.« Dann wendet er sich zum Gehen und verschwindet hinter dem nächsten Gebüsch.

KAPITEL 12

Während sich Hinercks und die anwesenden Personen fragend anschauen, weil ihnen das Verhalten von Helmut Gruber sehr seltsam vorkommt, sind die vier Bazis gerade eben erst aufgestanden. Sie haben sich beim Mondenschein auf eine Bank am Deich gesetzt und die Nacht durchzecht.

Sie waren fix und fertig gestern Abend. So etwas Schreckliches wie die Wasserleiche haben sie zuvor noch nicht gesehen, und auch ein Erlebnis mit einem Toten haben sie zuvor noch nicht gehabt.

Gut, beim Klettern in den Bergen ist es schon mal brenzlig für sie geworden, und auch Blut ist schon geflossen. Sie haben sich auch manches Mal verletzt, aber bis auf Abschürfungen und den ein oder anderen unbedeutenden Knochenbruch ist ihnen nichts passiert.

Hansi hatte, als sie da so in Meeresnähe saßen, genau das Gesicht der Leiche vor Augen. Aller Alkohol half nicht, diese Bilder loszuwerden. Im

Gegenteil, er hatte das Gefühl, dass sie sich eher verschlimmerten. Er lamentierte herum und gab immer wieder Beschreibungen von dem Toten ab, sodass seine Freunde irgendwann völlig entnervt waren.

»Ja, Hansi, er hatte blaue Augen, genau, und die traten fast aus den Augenhöhlen hervor, genau, so glubschig«, versuchten sie, ihn schon im Voraus von seiner genauen Personenbeschreibung abzuhalten. Aber eigentlich quatschte Hansi immerzu weiter.

Schließlich haben alle, mehr oder weniger aufeinander gestützt, den Weg zu ihrer Ferienwohnung eingeschlagen und sie tatsächlich wiedergefunden. Dort sind sie ohne Waschungen und Salbungen in die Betten gefallen und haben die Nacht im Tiefschlaf verbracht.

Hansi war der Erste, der erwacht ist. Er hatte einen Filmriss und konnte sich an den gestrigen Abend nicht erinnern. Er ist unter die Dusche gestiegen und hat recht kalt geduscht. Danach fühlte er sich gut erfrischt und machte für sich und die Jungs Frühstück, nur sein Kopf brummte. Anschließend trommelte er seine Freunde zum gemeinsamen Frühstück zusammen.

Nun sitzen alle am Tisch, sie sind etwas einsilbig. Jedem schwirren Gedanken durch den Kopf, die mit dem Toten zu tun haben.

»Mir sollten heute noch amoi proben, denn dafür sind mir ja hier. Und trotz allem sollten mir uns die Laune net verderben lassen, denn schließlich san mir ja Urlauber und haben das Recht auf Entspannung und Frohsinn, Punkt«, meint Berti und schaut die anderen an.

»Meinst wirklich«, fragt Matthis, »mir können so tun, als wär nix geschehen?«

»Fällt mir schwer«, meint Ernst.

»Mir können aber nix an der Sache ändern«, sagt Hansi, »aber üben müsse mir.«

In diesem Moment klingelt Hansis Handy. Es erschallt Musik von Star Wars, die drei Blechschüsse schauen ihn verwundert an und grinsen. Hansi ist es etwas peinlich, denn das Handy und den Klingelton hat er ganz neu, und deswegen kennen seine Freunde auch noch nicht die Musik.

Die kennen natürlich die Filmmusik von Star Wars, sonst hätten die nicht so geschaut, aber sie finden es lustig, dass Hansi ausgerechnet diese Klingelmusik ausgesucht hat, denn eigentlich steht er sonst eher so auf zünftige Musik, so verschiedenartige Jodler zum Beispiel. Na, macht nichts.

Hansi sucht sein Handy, findet es in seiner Jackentasche und drückt den roten Hörer. Natürlich ist jetzt das Gespräch weg. Er wundert sich kurz und kann es sich nicht erklären, was da passiert ist. Er will sich gerade empören, dass jemand am anderen Ende gleich wieder aufgelegt hat, aber da klingelt es erneut. Diesmal drückt er den grünen Hörer und ist doch recht erstaunt, als er seine Schwester am anderen Ende hört.

»Du musst mir einen Gefallen tun«, schießt sie los, sodass Hansi sofort eine Gänsehaut bekommt. Wenn ihn seine Schwester um Hilfe bittet, ist Not am Mann beziehungsweise an der Frau, dann ist es wirklich ernst.

»Um was geht es?«, meint er nur. Die anderen Bazis hängen an seinen Lippen, aber sie können dennoch nicht verstehen, um was es geht. Er sagt aber auch nichts und hört nur zu.

Lisa Denkewitz versucht, ihm so schnell wie möglich zu berichten, was sich zugetragen hat.

Als sie von der zweiten Leiche erzählt, sackt Hansi entsetzt auf seinen Stuhl. Und als sie erzählt, was Gruber berichtet hat, ist er genauso verwirrt wie die anderen auch, also Hinercks, Friedje, Helge und so.

»Weißt du«, sagt sie, »der redet so harmlos daher, dass man meinen könnte, der hat mit den Leichen nichts zu tun, aber ich glaube, der steckt hinter beiden Tötungen. Die waren bestimmt nicht geplant, aber irgendwie hab ich das Gefühl, der Schlag von dem hat den einen umgebracht, und dann hat der die Sau umgefahren, und dadurch ist der andere gestorben. Gruber fühlt sich allerdings null Komma null schuldig. Er tut so, als hätte er mit all dem nichts zu tun.«

Hansi hat seiner Schwester gut zugehört, aber was will sie denn nun von ihm? »Was soll i machen?«, fragt er vorsichtig nach.

»Grubers Auto steht hier, weil wir es ja wegen der Beule näher auf Faserspuren von dem Wildschwein untersuchen müssen. Deswegen ist er jetzt mit dem Auto von Oma Else unterwegs, die ihm das Auto geliehen hat. Er will einen Ausflug machen, kann aber nur am Deich entlang, weil hier so viele Fahrzeuge herumstehen, da kann der nicht rauskommen und auch für mich gibt es kein Fortkommen.

Jetzt meine Bitte. Gruber wird alsbald bei euch am Deich vorbeischauen. Ihr müsst den bitte verfolgen und schauen, was er vorhat. Das solltet ihr aber natürlich so unauffällig wie möglich machen, damit der davon nichts merkt. Meinst du, ihr bekommt das hin?«

»Des schaff mir«, meint Hansi, »i meld mi wieder bei dir, pfiat di.« Kaum dass er aufgelegt hat, weiht er seine Freunde ein. Die schauen ihn irritiert an, so mit lauter blinkenden Fragezeichen auf der Stirn.

»Wir machen das so«, meint Berti voller Tatendrang. »Mir schnappen uns unsere Instrumente, marschieren vor zum Deich, und da stelln mir uns hin und üben. Und wenn der Gruber kommt, dann schaun mir mal, wie mir den verfolgen. Gut so?«

Die Jungs finden, dass das ein erstklassiger Vorschlag ist, und eilen ohne Verzögerungen mit ihren Instrumenten bewaffnet und den ollen Fahrrädern von Heiko vor zum Deich. Von Heiko ist noch nichts zu sehen. Er ist wohl irgendwo beschäftigt.

Am Deich ist es schön, da weht ein leichter Wind und die Schmetterlinge umkreisen die Wildrosenbüsche. Aber auch wenn's schön ist, so richtig will die Stimmung beim Spielen nicht aufkommen. Die vier Blechschüsse schauen immer wieder den Weg am Deich entlang, aber einen roten VW können sie nicht erspähen.

Sie spielen, weil sie eine wichtige Mission zu erfüllen haben, sie bilden sozusagen eine Blechschussblockade für die Polizei, an ihnen ist kein Vorbeikommen. Es klingt ganz passabel, und irgendwann macht es dann sogar auch Spaß. Eigentlich in dem Moment, als sie ein Auto anbrausen sehen, sie hören nämlich den roten Punkt zunächst nicht.

Tatsächlich sehen sie ihn nur in der Entfernung und wie er sich nähert. Als der Punkt dann großmächtig vor ihnen steht, ist es tatsächlich Gruber im roten VW Käfer von Oma Else.

Der grüne Mann steigt freundlich aus. »Ja, guten Tag, meine Herren. Sie haben es hier aber idyllisch. Bei so gutem Wetter zu spielen, das ist ja der Wahnsinn. Mensch, also ehrlich, toll finde ich das.«

Hansi antwortet mit der gleichen Euphorie: »Ja danke, Herr Gr…«, er würgt den Namen ab, denn Berti knufft ihn mit seinem spitzen Ellenbogen in die Seite. Er kapiert sogleich, was Berti meint. Sie kennen den Mann ja eigentlich nicht. Sie haben ihn auch noch nie zuvor gesehen. Und er soll ja nicht misstrauisch werden, der Dreckskerl, falls er einer ist.

»Äh, ja, wie ist eigentlich noch Ihr Name?«

»Gruber«, meint Gruber, »Helmut Gruber.«

»Ja, der Herr Gruber«, meint Hansi nun ebenso übertrieben. »Ja, ein tolles Auto haben Sie da, so rot und so gut erhalten. Ja, das ist ja der Hammer, also wirklich, klasse ist das rote Auto.«

»Leider gehört mir der tolle Flitzer nicht. Mein Auto wird gerade untersucht. Bin dummerweise gestern gegen so einen blöden Heuballen gefahren, na ja, und nun ist ausgerechnet ein Unfall passiert, den wohl ein Autofahrer verursacht hat. Tja, und da die Polizei eben alles ganz genau nimmt, behalten die mein Auto noch da. Hat 'ne Beule, ist aber nicht weiter schlimm. Aber deswegen habe ich jetzt diesen tollen VW zur Verfügung gestellt bekommen. Hach, das ist ein Schätzchen.« Er streicht begeistert über den roten Lack der Motorhaube. »Einen Sound hat der, so was Feines gibt's heut gar nicht mehr.«

Hansi umkreist den VW, ebenso seine Kollegen. Der VW steht echt super da. Da sieht Hansi, dass auf dem Rücksitz eine Waffe liegt, genauer gesagt, ein Gewehr. Nicht so im Futteral, wie man das kennt, so, wie das nach Vorschrift sein muss, nein, es liegt einfach nur ausgepackt da. Hansi wird schummerig vor Augen. »Ist der Kerl womöglich ein geistesgestörter Verbrecher?«, schießt ihm die schreckliche Vermutung durch den Kopf. »Ob der vielleicht schizophren ist oder so? Was hat der vor? Du meine Güte!«

Auch Berti sieht das Gewehr und bemerkt an Hansis Regung, wie geschockt er ist. Er schiebt ihn ein Stück vom Auto weg. »Ja, da woll'n mir doch den Herrn Gruber mal weiterfahren lassen. Was haben Sie denn heute noch so Schönes vor?«

»Ach«, meint Gruber, »ich mache einen Ausflug. Danke der Nachfrage. So, nun muss ich aber wirklich weiter. Macht's gut, Jungs, und noch viel Spaß beim Musikmachen. Holleradio«, versucht er noch, einen Jodler zum Besten zu geben, steigt ein, kurbelt das Fenster hinunter, steckt das Patschhändchen heraus und fährt winkend den Weg am Deich weiter.

Vier staunende Bazis schauen ihm hinterher, sie können sich echt jetzt keinen Reim auf ihn machen.

»Los, macht hinne, den müsse mir jetzt verfolgen«, meint Berti und packt sein Instrument bereits ein. »Also, mein Akkordeon kann ich nicht die ganze Zeit über auf dem Rücken haben. Das ist zu schwer, das kann ich nicht mitnehmen.«

»Dann machen mir des so«, schlägt Hansi vor, »ihr gebts mir eure Instrumente, fahrt dem Gruber jetzt hinterher und haltet mich auf dem Laufenden. I ruf dann mei Schwester an. Okay?«

»Gute Idee.«

Ernst, Matthis und Berti steigen auf die Räder und treten ordentlich in die Pedalen, zum Glück scheint Gruber es eher gemächlich anzugehen. Der Abstand, den sie halten, ist gut so, denn Gruber soll sie ja schließlich nicht als Verfolger bemerken.

Vor Hansis Füßen stehen nun die Instrumente, so im Halbkreis. Er weiß noch nicht, wie er sie in die Ferienwohnung bringen soll, aber das ist jetzt erst einmal zweitrangig.

KAPITEL 13

Gruber verlässt den schmalen Weg am Deich und fährt in einen Weg hinein, der auf die Straße führt. Als die vier Bazis nun in den Weg hineinfahren, fährt Gruber bereits auf die Straße. Sie sehen, dass er einen Mähdrescher vorfahren lassen muss, und dann kommt noch ein Traktor mit einem großen Heuwagenanhänger hinterher. Der Mähdrescher ist ziemlich flott unterwegs. Da Gruber mit dem VW nicht so gut beschleunigen kann, um sich noch vor den Traktor zu quetschen, muss er ihm den Vorrang lassen.

Die Bazis hoffen, dass er nicht allzu schnell fahren wird und nicht so halsbrecherisch ist und überholen will, weil doch die Straße so eng ist. Den Typ kann man echt schlecht einschätzen. Als die Bazis nun auf die Straße fahren, müssen sie ebenfalls ein Fahrzeug vorbeilassen, es ist ein Mann auf einem Minitraktor mit einem kleinen Anhänger, auf dem sich ebenfalls ziemlich viele Heuballen befinden.

Einen Vorteil hat das Ganze, sie kommen zwar Gruber nicht so schnell hinterher, er kann sie aber, wenn er in seinen Rückspiegel schauen würde, kaum sehen, weil sie sich hinter dem Heuwagen wirklich gut ducken können.

Gruber fährt recht gemütlich hinter dem großen Heuwagenanhänger her, zum Glück kann man den roten Käfer ganz deutlich sehen. Ein Überholmanöver scheint er nicht vorzuhaben.

Matthis schmerzen die Knie, er sitzt so blöde auf dem Fahrrad, der Winkel zwischen Sattel, Lenker und Pedalen stimmt einfach nicht. Jede Beugung seiner Knie tut weh. Auch für Ernst scheint die Fahrt beschwerlich zu sein, alle paar Minuten steht er von seinem Sattel auf und trampelt im Stehen weiter. Eigentlich machen das doch nur Mädchen, das ist eine typisch weibliche Fahrweise, wenn eine Frau nicht mehr genug Kraft hat.

Also, der Ernst sieht schon etwas … feminin aus, wie er da im Stehen so mit seinem Hintern wackelt, denkt Matthis, er fährt direkt hinter ihm.

Berti ist mit seinem Fahrrad am besten weggekommen. Es ist ein 28-Zoll-Rad, genau richtig für seine Größe, hat einen recht breiten Sattel, es geht ein Gang, nämlich der dritte, und damit lässt es sich ganz gut fahren.

Beim Matthis sieht er, dass er so viele kleine Tretbewegungen macht, er muss einen ganz kleinen Gang drin haben und sonst nichts. Das ist doof und geht auf Dauer nicht. Damit kann man keine langen Strecken fahren.

Berti zückt jetzt so im Trampeln das Handy und ruft Hansi an. Der ist auch gleich dran.

»Wir befinden uns hinter einem Heuwagen«, meint Berti außer Atem. »Verdächtige Person ist zwei Heuwagen voraus, wir bleiben dran.« Dann steckt er das Handy wieder in die Brusttasche seines Hemdes und ist froh, dass er die Hand, mit der er telefoniert hat, nun wieder zum Fahrradfahren hat.

Hansi ruft seine Schwester an.

Die ist gleich am Handy und bittet, dass die anderen Bazis weiter an Gruber dranbleiben sollen.

»Machen die«, meint Hansi.

»Gut«, sagt Lisa. »Ich gehe jetzt mit dem Hinercks ins Watt. Wir schauen mal, ob wir da irgendwo einen stumpfen Gegenstand liegen sehen. Wenn was ist, ruf mich an, bitte.«

»Mach ich«, meint Hansi und legt auf. Da fällt ihm ein, dass er seiner Schwester noch gar nichts von dem Gewehr erzählt hat, das der Gruber da auf dem Rücksitz liegen hat. Das will er dann beim nächsten Anruf nachholen. Ein bisschen Magengrummeln hat er jetzt schon deswegen.

Derweil ist Gruber in eine Seitenstraße abgebogen, die nach Sankt Peter-Ording führt, das sagt das Schild am Wegesrand.

Ob der bis nach Sankt Peter-Ording will?, denkt Berti, trotz des breiten Sattels tut ihm der Allerwerteste weh. Autsch.

Ernst weiß, dass da zurzeit die Kitesurf-Weltmeisterschaft stattfindet, aber was soll da ein Jägersmann? Ein Ausflug an den Strand, mit Gewehr, das passt nicht zu Gruber.

Aber du meine Güte, denkt Berti weiter, *der wird doch da wohl nicht Amok laufen wollen und schießt willkürlich irgendwelche Leute über den Haufen, um dann wieder so zu tun, als habe er damit nichts zu tun. Vielleicht ist das ja seine Masche, zumindest hat sich ja Lisa so ähnlich ausgedrückt, das hat der Hansi erzählt. Na, bevor ich alle verrückt mache und verängstige, fahren wir dem eben noch ein Stück hinterher und schauen, was der vorhat. Und wenn es was Schlimmes ist, müssen wir rechtzeitig Lisa anrufen. Hoffentlich klappt das und wir haben dann nicht etwa ein Funkloch.*

Währenddessen schaut die Spurensicherung eifrig nach Spuren am Tatort. Diesmal ist es nicht nur der Fundort, wie bei der Wasserleiche, denn die kam ja angeschwommen. Hier ist die Sache anders, weil der Tote direkt an dieser Stelle die Sau vor die Brust bekommen haben muss. Noch hat man die fette Sau nicht von dem Toten hochgehoben. Aber der Leichenwagen steht schon bereit, und auch der Zinksarg steht auf dem Weg.

Spuren am Auto von Gruber hat man bereits genommen, da sind tatsächlich Fasern dran, ob sie von der Sau sind, kann man jetzt noch nicht sagen. Das kann die Spurensicherung erst im Labor feststellen.

Hauptkommissarin Denkewitz ist schockiert, als sie diese Nachricht erhält, und Hinercks weiß sich das Verhalten von Gruber einfach nicht zu erklären. Wenn er etwas Übles getan hat, warum erzählt er dann davon? Oder war das für ihn vielleicht nicht schlimm, was er gemacht hat? Ob er womöglich schizophren ist? Vielleicht hat er eine gute und eine schlechte Person in sich? Die gute grüßt immer so freundlich, und die böse begeht Morde und verursacht tödliche Unfälle. Aber die gute beschönigt dann alles wieder oder will das Böse nicht wahrhaben. Hinercks bekommt eine Gänsehaut, als er so über das Doppelleben von Gruber nachdenkt.

»Ich glaube«, meint er dann zur Denkewitz, »der ist nicht richtig im Oberstübchen.«

»Da haben Sie wohl recht. Ich glaube, der ist sich vor allem nicht bewusst, welche Folgen sein Verhalten hat. Am Fausthieb stirbt es sich bestimmt nicht so schnell. Nur wenn der, den er geschlagen hat, auf einen Gegenstand gefallen ist, den Gruber nicht gesehen hat, dann ist der sich natürlich auch keiner Schuld bewusst. Dann hat er nie und nimmer damit gerechnet, dass der Typ sterben würde. Nachweisen lässt sich das wahrscheinlich auch nicht mehr. Denn da, wo Watt ist, ist ja den Gezeiten nach dann auch immer wieder Wasser durch die Flut, und dann ist bestimmt nichts mehr zu finden, um den genauen Tatort zu bestimmen. Vielleicht meldet sich ja noch ein Zeuge.«

»Schlau, die Frau Hauptkommissarin«, hätte Hinercks fast gesagt, verkneift es sich dann aber.

Frau Denkewitz, als Nichtküstengeborene, hat die Sache mit dem Verschwinden und dem Anrücken des Meeres aber ganz gut verstanden. Husum ist ja auch gar nicht so weit weg, und außerdem ist sie schon seit Längerem, auch wenn sie ursprünglich aus Bayern kommt, eine zugezogene Küstenbewohnerin, und da lernt man das Meer durchaus kennen.

»Na«, meint sie, »dann wollen wir uns trotzdem mal umschauen.«

Sie hat heute Hosen an, was Hinercks recht bedauerlich findet, denn ihre Beine, also, die sind wirklich vom Feinsten. Aber so ist es nun mal nix fürs Auge. Frau Denkewitz hat ihre Hosen hochgekrempelt und stapft durch das Watt. Ungefähr an der Stelle, wo die Leiche angetrieben wurde. Hinercks macht das Gleiche, nur ein Stück entfernt. Sie laufen ziemlich weit raus und recht weit kreuz und quer.

Plötzlich ruft Hinercks: »Kommen Sie mal bitte her, Frau Hauptkommissarin. Ich glaube, ich habe da was gefunden.«

Frau Denkewitz stapft in schnellem Schritt zu ihm hinüber, dass es nur so spritzt. *Verdammt*, denkt sie, *jetzt habe ich mir die tolle Hose verdorben. Hoffentlich geht das elende Zeug wieder raus.*

Bei Hinercks angekommen, sieht sie, dass er sich nach einem ziemlich verrosteten Metallstück bückt und versucht, daran zu ziehen. Aber es lässt sich nicht bewegen. Die Spuren sind ja längst vom Meer verwischt, deswegen lässt sie ihn mal machen. Aber alle Bemühungen, das Ding zu bewegen, helfen nichts.

Hinercks und die Denkewitz schauen sich an. Dann stehen sie auf und schauen ans Ufer, das in einiger Entfernung vor ihnen liegt.

»Ob dies der Ort ist, kann wohl keiner so genau sagen. Dass dieses Ding da aber durch das schlickige Watt fast nicht sichtbar ist, steht fest. Es könnte also durchaus sein, dass Herr Gruber dem

Typ einen Schlag verpasst hat und der hinterrücks auf den verrosteten Eisenstab da gefallen ist.«

»Dann muss sich aber Gruber gleich vom Acker gemacht haben. Denn sonst hätte er doch bemerken müssen, dass der Typ das Zeitliche gesegnet hat.«

»Stimmt, der Gruber ist seinen Erzählungen nach derart außer sich gewesen, dass er erleichtert und froh war, dem eine verpasst zu haben. Dann muss er sich zufrieden davongemacht haben.«

»So muss es gewesen sein, denn sonst hätte er uns sicher nicht frei davon erzählt.«

»Jupp.«

»Sie sollten das Ding mal mit Ihrem tollen Handy fotografieren. Sonst ist nachher das Wasser da, wenn die Spurensicherung kommt, und es ist nix mehr zu sehen.«

»Da haben Sie recht, Hinercks.«

Gesagt, getan. Gerade als sie das Ding wieder einstecken will, klingelt ihr Handy. Hinercks nickt freudig, er scheint auch Abba-Fan zu sein. Während die Denkewitz nun mit ihrem Bruder Hansi telefoniert, singt er die ganze Zeit *Mamma Mia* vor sich hin.

Hansi erzählt ihr von Grubers Gewehr, und sie wird ganz blass, weil sie ihn auch für psychisch nicht ganz einwandfrei hält. Dann erzählt Hansi, dass Gruber sie mehr oder weniger abgehängt hat.

Also, ohne Absicht natürlich, weil er so schnell ist, schließlich fährt er ja ein Auto, und er weiß ja auch gar nicht, dass sie ihn verfolgen.

»Der Ernst ist mit seinem Fahrrad liegen geblieben, er hat 'nen Platten und kommt gleich zurück. Der Matthis und der Berti radeln weiter. Der Matthis schafft das aber auch bald nimmer, mit dem elenden Fahrrad, aber sie wollen dem roten VW weiter hinterher. Sie sehen ihn noch in der Ferne …«

»Hansi«, unterbricht Lisa ihn, »also, wenn ich es mir recht überlege, so Gruber ganz in Grün, mit dem Gewehr und dem Ausflug, den der angekündigt hat, ich will einfach nicht glauben, dass der was Böses im Schilde führt. Vielleicht möchte der nur jagen gehen. Was der natürlich auch nicht darf, weil er hier ja nicht wohnt. Und dass ihn jemand zum Jagen eingeladen hat, das glaub ich auch nicht. Jetzt sag mal dem Berti, der soll dahin fahren, wo Wald ist und wo man gut jagen kann. Wenn er den Gruber aus den Augen verliert, was ja anzunehmen ist, dann findet er den bestimmt irgendwo im Wald. Ich muss hier noch aus dem Watt fort und zur Spurensicherung, dann ruf ich dich wieder an.«

»Is gut«, meint Hansi und ist in diesem Moment voll großer Bewunderung für seine Schwester. »Ja mei, wie gut die Lisa die Sache im Griff hat. Ein Pfundsmädel ist das, meine Schwester.«

KAPITEL 14

Gruber ist eigentlich guter Laune. Das Wetter ist schön, er fährt in einem tollen Auto daher und die Felder streifen friedlich an ihm vorbei. Gleichzeitig fühlt er aber auch so eine Unruhe in der Magengegend, weil er in großer Erwartung auf das bevorstehende Ereignis ist. »Ich muss mich nur absolut unauffällig verhalten, damit mich keiner bemerkt und keiner misstrauisch wird.« Er weiß, dass er das, was er gleich tun will, natürlich nicht darf. Aber es juckt ihn so in den Fingern und sein Trieb ist so stark, dass er sich einfach nicht beherrschen kann. Schon heute Morgen, als er erwachte, hatte er nur diesen einen Gedanken: »Ich muss auf die Jagd.«

Er hatte in der gestrigen Zeitung gelesen, dass man in Sankt Peter-Ording durchaus Wild zu Gesicht bekommt und dass es einen Förster gibt, der da so seine Runden zieht. Und dass es ähnlich wie auf Sylt reiche Jäger gibt, die dort ansitzen dürfen. Ja, und zu denen zählt sich Gruber auch.

Er meint, dass die ihn einfach vergessen haben zu berücksichtigen, weil sie ihn ja nicht kennen. Würden sie ihn aber kennen, so hätten sie ihn gewiss eingeladen. Seine Jägerehre sagt ihm schon: »Du darfst nur schauen«, aber in seinem Inneren tobt es. Wenn er was zu Gesicht bekommt, dann muss er das Tier auch erlegen. Peng!

Als er sich dann auf den Weg gemacht hatte, war er noch einmal ins Grübeln gekommen und hat seine Waffe bewusst nicht mitgenommen.

Zum Glück, dachte er, als er die Denkewitz und die anderen beieinanderstehen sah. Die blöden Bullen hätten ihm bestimmt jede Menge Fragen zu seiner Waffe gestellt, und natürlich hätten sie ihn davon abgehalten, unerlaubt auf die Jagd zu gehen.

Als er den elenden Naturschutzheini gesehen hat und das tolle Wildschwein, da sind alle Signale wieder bei ihm angegangen, der Jagdtrieb ist so übermächtig in Wallung geraten, dass er, als er zurück auf seinem Zimmer war, seine Waffe geschnappt hat, zum Carport stapfte und mit dem VW Käfer losfuhr.

Ja, so ist das gewesen, aber nun hat er wieder gute Laune. Sogar die dämlichen Bazis mit ihrer Blasmusikblockade haben ihn nicht verärgert, und auch nicht der Scheißmähdrescher und der dämliche Heuwagen, die vor ihm fuhren. *Mir geht es gut, trallala*, denkt er, *gleich bin ich da.*

Helmut Gruber sieht den Wald vor sich, der zu Sankt Peter-Ording gehört. Das weiß er, weil er das Ortseingangsschild gesehen hat. Er sucht nach einer Einfahrt in den Wald. Ha, und es dauert nicht lange, da hat er sie auch schon gefunden.

Er staunt und ist augenblicklich froh. Es ist ein sehr schöner, dicht bewachsener Wald. Ein Buchenaltbestand, nur ein paar überflüssige Kiefern stehen da. Die eine oder andere Birke hat sich auch dazwischengedrängelt.

Gruber steigt aus und schaut sich nach eventuellen Fußgängern um. Natürlich sind da welche, aber seltsamerweise fällt er hier im Wald gar nicht weiter auf. Die grüßen ihn sogar, als er den Weg pfeifend entlanggeht. *Das liegt bestimmt an meinem neuen grünen Hemd*, denkt Gruber stolz.

Gruber streift so ein bisschen durch das Unterholz und entdeckt dann auf einer kleinen Lichtung einen wirklich wunderschönen Hochsitz. »Der ist es!«, jubelt er innerlich.

Ohne weiter zu zögern, klettert er freudig hinauf. Dort oben ist es schön, dort gefällt es ihm. Ein Bänkchen lädt zum Sitzen ein, und der Blick in das feine Blättergrün ist klasse.

Einige Zeit sitzt er in freudiger Erwartung da, aber dann überkommt ihn die Müdigkeit und er nickt einige Male ein. Er ärgert sich jedes Mal über sich, wenn er durch kleine Geräusche aus dem Schlaf aufschreckt. »Das muss die dämliche Nordseeluft sein, die mich so müde macht.«

Es hat sich inzwischen reichlich bezogen, und eigentlich ist im Dickicht nicht mehr viel zu sehen. Gruber ist enttäuscht und ärgert sich wieder. »So was Dummes, nun sitz ich schon mal da, und keine Sau schaut vorbei.«

Schließlich will Gruber es für heute aufgeben, er steigt ab und beschließt, noch ein wenig durch das Unterholz zu schleichen.

»Vielleicht kann ich ja ein Tierchen aufschrecken und wenigstens ein Schüsschen abgeben.«

Als er da nun so vor sich hin schleicht, macht es plötzlich »Peng!«. Irgendwo hat sich ein Schuss gelöst. Gruber blickt sich hektisch um. Er kann sich keinen Reim darauf machen. Ist der Schuss mit Absicht abgefeuert worden oder aus Versehen? Aber er war es nicht und er hat auch niemanden getroffen.

Nun merkt er in all seiner Verwirrung, dass er selbst Ziel des Schusses war. Er greift sich an die gestreifte Schulter, die tut heftig weh. Gruber sackt in die Knie. »Verdammt«, flucht er leise vor sich hin, »welcher Depp wagt es, mich anzuschießen?«

In diesem Moment steigt ein Jäger von seinem nicht weit entfernt stehenden Hochsitz ab. Er hat in Gruber eine Wildsau gesehen und fordert nun seinen Schweißhund auf, die Fährte zu Gruber, der Sau, aufzunehmen.

Gruber ist wieder auf die Beine gekommen. Er beschließt, den Schmerz zu ertragen, und schleicht weiter. *Wenn hier irgendwo so ein elender Konkurrenz-Jägerfuzzi sitzt, dann hat der bestimmt nur geschossen, weil der wegen einer Sau ansitzt,* denkt Gruber. *Da! Da ist doch ein Rascheln.* Gruber dreht sich um. *Da schleicht doch was Großes durchs Gebüsch.* Er ist sich sicher, dass es eine Wildsau ist. Er meint auch, ihren Geruch unter der Nase zu haben. *Da vorne, da, gleich kommt sie auf mich zu. Komm nur, mein liebes Schweinchen, ich rieche dich.*

Gruber legt sein Gewehr an, und im selben Moment schießt er. Die Sau, die er meint, erschossen zu haben, fällt zu Boden. Sie ist aber nicht tot.

Gruber geht in die Knie. Da kommt plötzlich ein Hund wie aus dem Nichts auf ihn zugestürmt, knurrt, bellt ihn an und bleckt die Zähne. Gruber denkt an Tollwut. Er zuckt vor Entsetzen dermaßen zusammen, dass ihm ein Stich in die Brust fährt. »Bitte beiß mich nicht, du tollwütiges Tier.« Wieder sticht es in seinem Herzen. »Ich habe noch nie jemandem etwas Böses zugefügt.« Da kommt ein weiterer gewaltiger Stich.

In diesem Moment kommt Berti an Grubers Seite gesprungen und schiebt den Hund beiseite, der mit eingekniffenem Schwanz davoneilt. »Herrje, Gruber«, meint Berti, »was hams denn Sie da angestellt? I bin gerade mit meinem Fahrrad angekommen und habe Ihr Auto gesehen. Als i den Schuss gehört habe, bin i sofort hierhergeeilt.«

»Ich wollt mich doch nur an der Nordsee entspannen«, sagt Gruber mit schwacher Stimme.

Der sieht fix und alle aus, denkt Berti, *was mach i denn mit dem?*

»Wenn Sie sich was schmecken lassen wollen, da vorne«, Gruber zeigt in die Richtung, in die er geschossen hat, »da liegt eine Sau. So mit Rotkraut, Klößen und Weinsoße schmecken die Viecher am besten. Aber wenn ich ehrlich bin, kann ich Wildschweinbraten eigentlich nicht leiden, das Fleisch ist mir zu zäh.«

Er lacht und dann lacht er weiter und weiter und kann nicht mehr aufhören, oder doch? Berti versucht, ihn zu beruhigen, aber da kommt ein letzter Stich durch Grubers Brust gerast, und der macht seinem Herzen den Garaus. Er stirbt in Bertis Armen mit einem Lächeln auf dem Gesicht!

Berti ist völlig fertig. Er weiß nicht, ob Gruber tot ist oder nicht. Damit hat er keine Erfahrung. Er kann wirklich nur gut Akkordeon spielen. Berti bleibt noch einen Moment sitzen und redet auf Gruber ein. »Ja mei, Gruber, nun machen Sie aber mal halblang. Den Braten wollen wir doch gemeinsam genießen. Herr Gruber, ein feines Plätzchen haben Sie sich hier zum Jagen ausgesucht.«

Aber Gruber gibt keinen Mucks von sich.

Schließlich merkt Berti, dass er die Sache mit der Besprechung aufgeben muss. Der Typ hat keine Lust zum Reden, oder vielleicht kann er nicht mehr reden?

Berti steht auf und geht zum Wegesrand, dorthin, von wo er gekommen ist. Es ist verflixt dunkel im Wald, und ihm ist arg unheimlich. Das einzig Gute daran ist, dass kein Urlauber vorbeikommt und er keine unangenehmen Fragen beantworten muss.

Berti nimmt sein Handy zur Hand und ruft Hansi an. »Hansi, du meine Güte, ihr könnts euch net vorstellen, was hier passiert ist. I glaub, der Gruber ist tot.«

»Bleib, wo du bist. Äh, wo bist du eigentlich?«

Berti versucht, ihm zu beschreiben, wie er gefahren ist. Und Hansi versucht kurz darauf, seiner Schwester die genaue Wegbeschreibung zu geben.

Sie scheint zu wissen, wo sich Berti ungefähr befindet. »Ich denke, ich weiß, in welchem Waldstück er ist«, meint sie zu Hansi. »Bitte fahrt ihr doch zu Oma Else, die ist ziemlich daneben. Ich rufe dich wieder an.«

»Is gut.«

Es vergehen keine fünfzehn Minuten, da kommt die Denkewitz mit Hinercks und der Spurensicherung im Gepäck angefahren, mitten in den Wald.

Für Berti sind es nicht vergehen wollende Minuten. Eine furchtbare Strafe ist das für ihn, so allein im Wald und mit einem wahrscheinlich toten Menschen und einer toten Sau. Und irgendwo heult auch ab und an noch ein Hund.

»Also, ein Wolf kann das ja nicht sein«, versucht er, sich zu beruhigen, aber er zweifelt auch ein bisschen. »Die werden ja häufig gesehen, aber doch wohl hoffentlich nicht an der Nordsee?«

Während er so lange wartet und ihm schrecklich unheimlich ist, klettert er ein Stück auf einen Baum hinauf, dessen Äste kann er zum Glück gut erreichen. Er nimmt Platz auf einem dickeren Ast und wartet dort oben. Berti grübelt. Er bekommt eine Gänsehaut, als er darüber nachdenkt, dass er dem Tod noch nie so nah war.

Eigentlich habe ich mir nur ein entspanntes Probenwochenende gewünscht. Aber das, was uns hier an der Küste erwartet hat und was auf uns gelauert hat, ist der Tod. Berti muss sich am Stamm festhalten. Der Hund heult. Berti hat Angst.

KAPITEL 15

Es staunen doch alle sehr, als sie Berti da oben auf dem Baum sitzen sehen. Berti ist einsilbig und recht verstört, er hat nur das eine Bedürfnis, er will endlich aus dem verflixt dunklen Wald herauszukommen. Aber natürlich kann er jetzt bei der Dunkelheit nicht einfach zurückradeln. Das ist ja klar. Das Fahrrad ist zu oll, es hat natürlich kein Licht, und außerdem hat er total weiche Knie und kann jetzt einfach nicht mehr eine solch weite Strecke radeln.

Die Denkewitz und Hinercks haben Berti auch gar nicht gleich gesehen, so hoch oben sitzt er im Baum. Die sind doch glatt an seinem Baum vorbeigelaufen. Allerdings hatte er sie zunächst auch gehen lassen, weil er erst auf Nummer sicher gehen wollte, dass es sich auch wirklich um die Polizei handelte und nicht um irgendwelche fremden Randalebrüder.

»Hier bin i«, hat er leise gerufen.

Aber die haben ihn nicht gehört und reagierten gar nicht auf sein Rufen.

Dann hat er es lauter versucht. »Hier bin i!«

Dieser Verzweiflungsruf war nicht zu überhören. Über die Kraft seiner Stimme war Berti selbst erstaunt.

Dann haben Hinercks und die Denkewitz schnell kehrt marsch gemacht und ihn da oben sitzen sehen.

Hinercks muss gleich einen Witz machen, so lustig findet er es wohl, wie Berti da sitzt. »Ein großes Eichhörnchen haben wir aber da.«

Daraufhin verpasst ihm die Denkewitz mit ihrem Ellenbogen aber ganz schön einen in die Seite, sodass Hinercks mit schmerzverzerrtem Gesicht zusammenzuckt und sich über die Rippen streicht.

»Ist ja schon gut, Frau Kollegin.«

»Das will ich hoffen«, meint sie, »jetzt ist wohl nicht die richtige Zeit zum Scherzen. Helfen Sie dem mal, von da oben wieder runterzukommen.«

Berti fällt es richtig schwer, wieder hinunterzusteigen. Er kann sich gar nicht recht erklären, wie er da überhaupt hinaufgekommen ist.

»Ich weiß auch nicht, wie ich das geschafft habe«, meint er zu Hinercks, der ihn mehr oder weniger auffängt, als er vom letzten Ast abrutscht. Beide fallen auf den harten Waldboden. Aber außer dreckigen Klamotten zieht der Sturz nichts nach sich.

»Notsituationen verleihen einem eben Kräfte«, meint Hinercks und rappelt sich wieder auf. »Davon kann Oma Else zum Beispiel ein Lied singen. Sie erzählt uns gerne davon, wie es war, als die Sturmflut an der Nordsee gewütet hat. Da haben die da unten in der Stube ihre ganzen Habseligkeiten in eine Badewanne gefüllt und haben die in den ersten Stock gebracht. Als dann das Schlimmste mit dem vielen Wasser vorbei war und sie wieder nach unten konnten, da war nix zu machen mit der Wanne, die war nicht mehr zu bewegen, und alle haben sich angeschaut und Bauklötze gestaunt. Schließlich haben die dann alles einzeln wieder runtergetragen und zum Schluss die Wanne, und das nur mit Ach und Krach. Also entspann dich, ist ja noch ma jut gegangen.«

Mit Taschenlampen und wie immer in weißen Mondanzügen kommt jetzt auch die Spurensicherung an.

Nun schaltet sich die Denkewitz ein. »Jetzt ist aber gut, wo steckt Gruber?«

Berti schaut sich um, ihm ist schwindelig, und irgendwie ist alles so dunkel. »Ja, also …«, stammelt er. »Ich bin aus der Richtung da gekommen.« Er zeigt ins dunkle Dickicht.

»Habt ihr gute Beleuchtung dabei?«, fragt die Denkewitz die Männer der Spurensicherung.

Die nicken. »Na klar.« Und keine zwei Minuten später ist der Wald mit Flutlicht beleuchtet.

Sieht aus wie auf 'nem Fußballfeld. Jetzt ein Spiel mit meinem Lieblingsverein sehen, denkt Berti. Das sagt er jetzt aber mal lieber nicht. Hier oben ist man sicher kein Fan von den Bayern, sondern von irgendeinem norddeutschen Verein. Egal, Berti will auf keinen Fall Ärger.

»Da hinten im Wald liegt übrigens noch 'ne Sau. Das hat der Gruber gemeint, die hat er wohl noch geschossen.«

Die Denkewitz und die Männer der Spurensicherung streifen durch den Wald, in die Richtung, die Berti ihnen gezeigt hat.

Berti versucht, Hinercks in ein Gespräch zu verwickeln. Er will nicht allein zurückbleiben. »Das ist ja echt der Hammer, was hier bei euch an der Nordsee so abgeht«, meint er.

Hinercks ist ganz froh, dass er nicht in das dunkle Gebüsch auf Totensuche gehen muss. Es kommt ihm wirklich gelegen, dass der Bayer da, der Arme, mit ihm ein Gespräch sucht. *Der sieht echt mitgenommen aus*, denkt Hinercks. »Also sein se ma frohgemut«, meint er zu Berti, »wenn wir dat jetzt hier überstanden ham, dann is bestimmt wieder Ruh hier bei uns an der schönen Nordsee. Ich sach ihnen, wir ham hier sonst keine Toten, hier ist noch wie was so Schreckliches passiert. Hier herrscht sonst gähnende Langeweile. Das ist auch nicht immer schön, aber es ist doch wirklich entspannender, muss ich zugeben. Aber alle guten und wohl auch schlechten Dinge sind drei. Also drei Tote, wenn Gruber wirklich das Zeitliche gesegnet hat. Und dann ist bestimmt Ruh.«

»Hierher«, hören die beiden plötzlich die Denkewitz rufen. »Hier liegt ein Verletzter. Hinercks, kommen Sie mal her! Kennen Sie den? Ich habe das Gesicht doch schon mal gesehen. Und halten Sie mir den Hund vom Leibe.«

Hinercks schaut Berti an, beide nicken sich zu und schlagen sich gemeinsam durch die Büsche zur Denkewitz. Beide wollen nicht allein bleiben.

»Wo sind Sie?«, ruft Hinercks. Berti ist dicht hinter ihm.

»Hier«, ruft die Stimme, »hier bin ich, hierher.«

Jetzt sind Berti und Hinercks auf der richtigen Spur, denn sie sehen den Lichtkegel von Frau Denkewitz' Taschenlampe, die mit Kreisbewegungen versucht, auf sich aufmerksam zu machen.

Sie müssen noch ein paar Äste überklettern und an einem Brombeerstrauch vorbei, aber dann endlich stehen sie neben der Kommissarin.

Berti wendet sich sofort wieder ab, als er sieht, dass da gar keine Sau, sondern noch ein Mensch liegt. *Gruber kann es ja nicht sein*, denkt er, *der hat doch ganz woanders gelegen.* Berti ist fix und fertig und versteht gar nichts mehr. Er lehnt sich an einen Baum und rutscht an der glatten Borke in die Knie. Dort bleibt er kopfschüttelnd sitzen.

Hinercks wird von dem Hund freundlich empfangen. Er schaut sich den Mann näher an.

Die Denkewitz meint: »Der lebt noch.«

Hinercks erkennt ihn sofort. Auch wenn dessen Gesicht verschmiert ist, es ist und bleibt der Doktor. »Aber was macht der denn hier?«, fragt Hinercks und ist völlig ratlos. »Also ich meine, dass der einen Jagdschein hat, das ist schon klar. Und dass er gerne auf die Jagd geht. Aber warum liegt der da und sitzt nicht oben auf dem Hochsitz? Ich dachte, hier würde eine Sau liegen?«

»Das hat der Gruber gesagt, und er hat mir noch einen guten Appetit beim Verzehr vom Wildschweinbraten gewünscht«, sagt Berti.

Hinercks versteht jetzt gar nichts mehr.

Ein Typ von der Spurensicherung nähert sich. »Der Gruber ist tot«, meint er, »er hat einen Streifschuss. Aber ob der zu seinem Tod geführt hat, kann ich jetzt nicht sagen. Genaueres können wir nur bei der Obduktion feststellen. Der hat auch noch Abdrücke an der Schulter, also, einen Schuss hat der bestimmt abgegeben. Das lässt sich aber auch noch an seiner Waffe feststellen. Und was haben wir hier?« Er blickt auf den verrenkt daliegenden Doktor. »Sach ma, Hinercks, sammelt ihr jetzt hier auf Eiderstedt die Toten?«

Hinercks plustert sich auf und will sich entrüsten. Aber er hat keine Energie mehr dafür. Es sieht ja auch allem Anschein nach so aus, als ob man hier an der Küste recht gefährlich lebt. »Der Typ da, das ist der Doktor vom Koog, und der lebt noch. Den müssen wir so schnell wie möglich ins Krankenhaus schaffen, dann kann der womöglich noch was aussagen.«

»Also«, meint die Denkewitz, »wir brauchen jetzt eine Trage für den verletzten Doktor und einen Sarg für den toten Gruber. Der kommt wohl in die Pathologie, nehme ich an.«

Der Spurensicherungstyp nickt.

Als man den Doktor auf die Trage legt, erwacht er. Doch er hält seine Augen fein geschlossen, denn er ist verzweifelt über sich und zudem todunglücklich. Aber sterben wird er nicht, das spürt er, sein Herz pocht wie wild. *Soll ich mich jetzt darüber freuen, dass ich noch lebe, oder lieber nicht?* Diese Frage quält ihn, bis er im Krankenhaus in einen tiefen Schlaf fällt.

KAPITEL 16

Als der Doktor wieder erwacht, stehen die üblichen Gestalten um sein Bett herum. Hinercks, Helge, Friedje und Oma Else, die seine Hand tätschelt. »Ja, Albert, was machst du denn für Sachen?«, meint Else, als er sie anblickt.

»Jetzt lassen Sie mich mal mit ihm sprechen«, meint die Denkewitz, die darauf gewartet hat, dass er endlich erwacht. Sie saß auf einem Stuhl an der Wand und drängelt sich nun zwischen Hinercks und Helge. »Bitte verlassen Sie jetzt mal alle das Zimmer«, meint sie zu den mitleidsvoll dreinblickenden Deichbewohnern. »Hinercks muss natürlich bleiben.«

Hinercks öffnet seinen Deichfreunden die Tür und verabschiedet sie freundlich nickend. »Wartet mal draußen.« Dann geht er zurück zu Doktor Werner und hört sich an, was er Hauptkommissarin Denkewitz und ihm zu sagen hat.

»Ich will gar nichts mehr vertuschen«, beginnt

der Doktor, »ich wollte gestern schon zur Polizei gehen, aber da ist dieser blöde Jagdunfall dazwischengekommen, und dann konnte ich mich nicht mehr von der Stelle bewegen. Ich habe auf eine Sau geschossen, und im gleichen Moment hat mich irgendwas an der Schulter getroffen und zu Boden gerissen.«

Hinercks schaut den Doktor zweifelnd an. Offensichtlich weiß er gar nicht genau, was sich da gestern im Wald zugetragen hat, und anscheinend wollte er nur eine Sau schießen. Dass die Sau Gruber hieß, das glaubt Hinercks nicht. Was sollten denn die beiden gegeneinander haben. Jagdneid?

»Also, nun mal ganz langsam«, mischt sich die routinierte Denkewitz ein. »Vielleicht sollten Sie uns die Sache mal ganz von vorne erzählen. Und wenn Sie nichts dagegen haben, dann schalte ich mal mein Diktiergerät ein. Dann müssen Sie nicht noch einmal alles wiederholen, und ich kann später Ihre Aussage zu Protokoll geben.«

Sehr schlau, die Denkewitz, denkt Hinercks und ist voller Bewunderung.

»Ja, also«, beginnt der Doktor langsam, »das war so: Als ich am späten Abend von Elses Pension aufgebrochen bin, habe ich mich gleich auf den Heimweg gemacht. Ich hatte reichlich viel getrunken und Else hat mir ihr warmes Bett angeboten, aber ich wollte nach Hause. Warum, weiß ich eigentlich auch nicht, denn bei Else ist es so schön …« Der Doktor macht eine Pause.

»Weiter«, meint die Denkewitz mit strengem Ton. »Was hat sich dann zugetragen?«

»Na ja, ich hatte eben etwas zu viel Alkohol getrunken, und als ich auf der Straße fuhr, hab ich im Scheinwerferlicht gesehen, dass da jemand auf der anderen Straßenseite lief. Ich habe erkannt, dass es der Akquisiteur war, der dafür sorgen will … wollte …, dass Else hier wegzieht. Ich konnte den Typ von Anfang an nicht leiden und sein Vorhaben sowieso nicht. Im gleichen Moment, als ich den sah und einen Groll gegen den hegte, sprang mir eine riesige Sau vor das Auto. Ich musste bremsen und kam ins Schlingern, aber zum Glück habe ich mein Auto wieder unter Kontrolle bekommen. Als ich ausstieg, war der Akquisiteur plötzlich weg. Vielleicht wäre ich dem in meinem berauschten Zustand an die Gurgel gesprungen, aber das ging nicht, der war nicht da. Ich schaute so ein bisschen den Weg entlang, wegen der Sau, aber die konnte ich auch nirgends sehen. Da habe ich echt an meinem Verstand gezweifelt und schon gedacht, ich hätte Halluzinationen. Doch dann habe ich die beiden plötzlich entdeckt, die Sau lag auf dem Akquisiteur im Graben.

Ich habe mich den beiden genähert. Der Großmann war fast völlig bedeckt von der Sau, und beide gaben keinen Mucks von sich. Da der Graben so tief ist und mir so schwindelig war, konnte ich mich nicht runterbeugen, um zu fühlen, ob Sau und Mensch noch lebten.

Aber dann kam mir ein Gedanke in den Sinn und für den schäme ich mich wirklich …« Nun kommt der Doktor erneut ins Stocken.

»Sprich weiter«, meint Hinercks freundlich.

Der Doktor nickt ihm zu. »Ich dachte: Nun bin ich die blöde Akquisiteurssau los, Sau tötet Sau. Ich habe immer nur an Else gedacht. Dass der sie mir nun nicht mehr wegnehmen kann und sie hierbleibt und wir noch so viele schöne Stunden miteinander verbringen können. Da mir bewusst war, dass ich zu viel getrunken und ganz schönen Mist angestellt hatte, habe ich mich aus dem Staub gemacht. Denn Trunkenheit am Steuer würde mich meinen Führerschein kosten, und den brauche ich doch als Arzt auf dem Lande.«

Nun wird es dich etwas mehr kosten, denkt die Denkewitz, sagt aber nichts. Doch sie weiß genau, dass ein Verkehrsdelikt mit Fahrerflucht und eventueller Todesfolge durchaus nicht mit einer Geldstrafe erledigt ist.

Hinercks staunt Bauklötze, als er diese Aussage

vom Doktor hört. Er weiß zwar, dass Else und der Doktor sich gut verstehen. Dass die aber in ihrem Alter eine Beziehung haben, die anscheinend über ein freundliches Techtelmechtel hinausgeht, erstaunt ihn doch sehr.

Na ja, und dass der Doktor alkoholisiert Auto fahren würde, damit hat er auch nicht gerechnet. Da hat er ihm doch mehr Verstand zugetraut.

Tja, und dann ist da noch die Sache mit Gruber. Er, also Hinercks, hatte wirklich angenommen, dass der die Sau angefahren hat. Dafür schimpft er sich einen Idioten und einen schlechten Polizisten. *Dass ich so voreingenommen bin, nur weil der Gruber so anders war und so grün aussah. Ich bin enttäuscht von mir. Also wirklich.*

Er schaut etwas zweifelnd zur Denkewitz.

Die scheint seine Gedanken lesen zu können. »Wir haben Grubers Auto überprüft. Der hat tatsächlich keinerlei Saufasern an seinem Auto gehabt. Da steckte nur ein bisschen Stroh am Kotflügel. Er hat also die Wahrheit gesagt. Den Strohballen haben wir übrigens auch gefunden. Der liegt nicht weit von Elses Pension im Graben.«

»Nun ist Gruber entlastet«, meint der Doktor, »das ist gut so.«

»Davon hat der jetzt leider auch nichts mehr«, meint die Denkewitz mit ihrer trockenen Art.

»Wie bitte? Wie meinen Sie das?«, fragt der Doktor konsterniert.

»Herr Gruber ist tot«, meint Hinercks vorsichtig. »Er lag nicht weit von dir im Dickicht.«

»Du meine Güte.« Der Doktor schaut die beiden nun völlig verstört an. »Den hab aber doch nicht ich … also, ich meine …«

»Nun beruhigen Sie sich mal, Herr Doktor. Der Gruber ist nicht von Ihnen erschossen worden. Er ist womöglich an Herzversagen gestorben.«

Doktor Werner atmet erleichtert auf.

»Dennoch hat er einen Streifschuss an der Schulter. Und wie sich herausgestellt hat, kam die Patrone aus Ihrem Gewehr.«

Nun wird der Doktor wieder bleich. Und würde er nicht liegen, müsste man ihn hinlegen. »Bitte lassen Sie mich weitererzählen, wie es sich wirklich zugetragen hat.«

»Bitte«, meint die Denkewitz und schaltet ihr Aufnahmegerät wieder ein, das sie nach seinen letzten Ausführungen abgeschaltet hatte.

»Als ich am frühen Morgen erwacht bin, da kamen mir so langsam die Erinnerungen an die letzte Nacht zurück. Erst die mit Else, aber darüber will ich jetzt nicht weiter erzählen. Die gerieten auch sogleich in Vergessenheit, als ich an meinen Unfall dachte.

Ich habe mich so geschämt. Gleichzeitig hatte ich so eine furchtbare Angst wegen meinem Führerschein und dass Else mich nicht mehr leiden kann. Da habe ich mir gedacht, der einzige Ort, an dem ich klar denken kann, das ist der Wald und mein geliebter Hochsitz. Also bin ich nach St. Peter gefahren. Ich habe mich dann da oben hingesetzt, und es hat nicht lange gedauert, da bin ich vor Erschöpfung, weil mich die ganze Sache seelisch dermaßen mitgenommen hat, in einen tiefen Schlaf gefallen. Meinen Hund, den habe ich unten angeleint, das kennt der schon, und der hat viel Geduld. Aber auch wenn er vielleicht gebellt oder gewinselt hat, ich habe nix gehört. Ich muss sehr lange geschlafen haben, denn als ich erwacht bin, da war es reichlich dämmrig. Ich habe mir dann ehrlich vorgenommen, so ausgeruht, wie ich war, zum Hinercks zu gehen und dem zu erzählen, was passiert ist.«

Hinercks nickt.

»Ja, aber bevor ich abbaumen konnte, da habe ich so ein Rascheln gehört, und dann habe ich eine Sau gesehen. Ich schwöre, es war eine große Sau. Ich habe angelegt, und peng habe ich die erschossen. Dass es keine Sau war, sondern der Gruber, das kann ich gar nicht glauben. Ich wollte dann nachsehen, was ich erwischt habe. Ich habe meinen Hund losgebunden, weil er hervorragend Schweißfährten riechen kann. Und dann, als ich mich der Sau näherte, habe ich plötzlich etwas Heftiges gegen die Schulter bekommen und bin umgefallen. Da habe ich dann gelegen, bis ihr gekommen seid.«

Die Denkewitz findet die Aussage vom Doktor durchaus plausibel.

»Das, was Sie an die Schulter bekommen haben, war ein Schuss, und den hat Gruber abgegeben. Er dachte offensichtlich auch bei Ihnen, dass es sich um eine Sau handelt, denn das hat er noch vor seinem Ableben zu Berti gesagt.«

»Krass«, ist alles, was Hinercks rausbringt.

»Nicht zu glauben«, meint der Doktor. »Was geschieht jetzt mit mir?«, will er wissen.

»Ich denke, es besteht bei Ihnen keine Fluchtgefahr, schließlich haben Sie niemanden absichtlich umgebracht. Allerdings haben Sie eine Sau angefahren, die deswegen einen Menschen unter sich zerquetscht hat. Das hat die Obduktion ergeben. Mehrere innere Organe des Akquisiteurs sind von dem schweren Gewicht der Sau zerquetscht worden. Zum Tode hat wohl Atemnot mit Ersticken geführt, denn durch die Quetschung konnte die Lunge nicht mehr genug Sauerstoff bekommen. Sie sind einfach davongefahren, das wird man Ihnen anlasten, Fahrerflucht und Unfall mit Todesfolge, allerdings nicht durch Sie, sondern durch eine Sau. Also mit diesem Fall wird sich die Staatsanwaltschaft beschäftigen. Ich würde sagen, ich schicke Ihnen Oma Else wieder herein. Wenn sie Ihnen so wichtig ist, dann sollten Sie ihr jetzt alles erzählen. Und dann kurieren Sie mal Ihre Schussverletzung aus.«

Hauptkommissarin Denkewitz erhebt sich und gibt dem Doktor freundlich die Hand.

Hinercks ist von den Socken, so toll findet er sie. Wie sie das alles so herausgefunden hat und wie nett sie zu dem Doktor ist, obwohl er doch Mist gebaut hat. Also, echt klasse, die Frau Hauptkommissarin.

»Machen Sie's gut, Doktor«, meint sie noch, bevor sie sich wieder ihre Lederjacke anzieht. »Dumme Sache das, aber wird schon wieder.«

Dann schüttelt sie Hinercks sachte an der Schulter. »Na, Herr Kollege, ich glaube, Sie brauchen mal ein bisschen Ruhe. Eigentlich müssten Sie diese doch hier an der schönen Nordsee finden.« Sie grinst und Hinercks erwidert ihr Grinsen. Noch ein winkender Gruß an den Doktor, dann verlassen sie das Krankenzimmer.

KAPITEL 17

Alle treffen sich bei Oma Else in der Pension *Zur goldenen Möwe*: die Friesen, also Friedje, Hinercks, sein Kollege Matz Willdorn, Helge, Heiko und Else, sowie die Bayern, also Berti, Matthis, Ernst, Hansi und die Denkewitz.

Alle sind ziemlich betroffen darüber, was passiert ist. Die Friesen, weil so schreckliche Unfälle ihre wunderschöne Nordseeidylle trüben, und die Bayern, weil sie die wunderschöne Küstenidylle nicht vorgefunden haben. Die Friesen und die Bayern sind enttäuscht und natürlich auch traurig.

Immer wieder muss Hansi erzählen, wie er die Wasserleiche bewacht hat, und Berti, wie Gruber in seinen Armen gestorben ist und wie er hoch oben auf dem Baum gesessen hat.

Alle sind sich einig, dass sie zu voreilig ein Urteil über Gruber gefällt haben. Und das tut ihnen furchtbar leid, das können sie ihm nun nicht mehr sagen, daran lässt sich nichts mehr ändern oder wiedergutmachen. Oder doch?

Sie beschließen, ihm ein Denkmal zu setzen.

»Ich hab's«, meint Helge. »Ihm zu Ehren könnten wir eine Bank kaufen, so zum Daraufsitzen und In-die-Ferne-Schauen, und die Bank wird oben auf den Deich gestellt, mit Blick ins Watt. Und auf die Rückenlehne wird ein Schild kommen, mit der Aufschrift …« Er überlegt.

Aber Hinercks hat eine Eingebung: »Diese Bank wurde für Helmut Gruber aus Gelsenkirchen gestiftet, als Andenken an einen begeisterten Jägersmann, der sein Herz an der Nordsee verlor. Na, wie findet ihr das?«

Else ist begeistert. »Der Gruber hat doch so oft betont, dass er einfach nur zur Entspannung an die Nordsee gekommen ist, und deswegen ist dies sicher der geeignetste Ort, um Ruhe zu finden. Die Aufschrift finde ich prima.«

»Ich auch«, meint Friedje.

Heiko nickt zustimmend, er hat den Mund mit Blaubeerschmarrn voll.

»Wie wird das denn jetzt mit den Beerdigungen gemacht?«, fragt Hansi seine Schwester.

Die zuckt die Achseln und gibt die Frage weiter an den zuständigen Dorfpolizisten Hinercks.

»Na ja«, meint er, »ich habe die Unfälle natürlich Bürgermeister Holsten mitgeteilt. Der ist echt betroffen. Aber wie ihr wisst, ist der ja noch nicht so lange hier und kommt ja auch nicht so gerne zu Else in die Pension. Wie auch immer, er hat Nachforschungen angestellt, wo die drei Toten herkamen und ob es Verwandte gibt. Seltsamerweise haben weder unser lieber Jäger noch der Akquisiteur oder der Naturschutzmensch Familie. Der Holsten hat bei den dreien daheim, wo die wohnen, bei den zuständigen Stadtverwaltungen angerufen, also bei den Einwohnermeldeämtern und so. Aber die haben ihm alle die gleiche Auskunft gegeben. Die drei sind alleinstehend und haben keine Familie mehr.«

»Wie schrecklich«, meint Berti.

»Jo«, meint Hinercks, »aber der Holsten hat eine gute Idee. Da die keiner abholen kommt und sie immer noch in der Pathologie kühl gelagert werden, schlägt er für alle drei zusammen eine Wasserbestattung vor. Wir sollen sagen, wie wir das finden, weil wir ja die Letzten sind, die mit denen was zu tun hatten.«

Betroffenes Schweigen setzt ein.

»Find ich gut«, sagt Hansi als Erster.

»Jo«, meinen Helge und Friedje, und auch die anderen nicken zustimmend.

»Mich würd mal interessieren, was denn nun

mit deren Sachen daheim geschieht, wenn die doch keine Familie mehr haben«, meint Matthis.

»Das Hab und Gut von den dreien geht in eine Naturschutzstiftung über«, antwortet Hinercks, die Frage hat er nämlich auch dem Holsten gestellt.

»Das find ich anständig«, meint Friedje, »denn schließlich hatten die doch alle mit Natur was am Hut.«

»Jo«, meint Heiko.

»Finde ich auch gut«, sagt Oma Else, die anderen nicken.

Und dann wird das mit der Wasserbestattung tatsächlich einige Tage später so gemacht.

Die Gevatter Blechschuss haben noch ein paar Probentage drangehängt, allerdings haben sie als Vorsichtsmaßnahme nicht mehr im Watt geübt, sondern zu Heikos Freude in der Ferienwohnung. Das ging aber auch nur, weil sich zufällig das Fräulein Günther, das sich für eine Woche angesagt hatte, den Fuß verstaucht hat und die Reise nicht antreten konnte.

Als sie dann alle mit dem Bürgermeister und dem Pfarrer auf einem recht großen Schiff aufs Meer hinausfahren, spielen die Gevatter Blechschuss den drei Toten zu Ehren den Almbrüller. Er passt zwar nicht so ganz an die Nordsee, aber die drei Toten ja auch nicht.

Es wird viel geweint, weil man das eben auf Beerdigungen so tut, aber irgendwie heitert die Musik von den Blechschüssen das ganze Drama auch wieder auf, und dann wird sogar noch dazu geschunkelt.

Ganz schön makaber, wat wir hier machen, denkt Hinercks, der gerade, eingehakt bei der Denkewitz, Schwung nach rechts holt. Er ist ganz froh, dass die Deichfrauen nicht mitgekommen sind, aber so auf die Beerdigung von Unbekannten hatten die keine Lust.

Alle Anwesenden sind erleichtert, als die Toten über das Meer verteilt sind und das unschöne Kapitel endlich abgeschlossen werden kann. Nur einer muss aus der Ferne trauern, und das ist der Doktor. Er kuriert sich im Krankenhaus noch immer von seiner Verletzung aus und wird am Nachmittag entlassen. Dann muss er warten, was auf ihn zukommen wird, Geldstrafe oder Kerker. Er rechnet mit Ersterem. Aber nur eins zählt für ihn, Else hat ihm vergeben.

Als alle dann das Schiff verlassen und dem Pfarrer freundlich dankend das Händchen reichen, schaut er jedem in die Augen und meint knapp und trocken: »Da nich für.«

Die Friesen haben das schon mal von ihm gehört, aber die fünf Bayern kommen doch etwas ins Grübeln, was er damit wohl gemeint haben könnte. Allerdings vergessen sie, weiter darüber nachzudenken, denn es gilt, zurück nach München zu fahren.

Bruder Hansi und Schwester Lisa drücken sich herzlich und versprechen, sich bald wieder zu besuchen. Hinercks und Lisa geben sich freundlich die Hand, und Lisa verspricht wiederzukommen, um richtigen Urlaub bei Oma Else in der Pension *Zur goldenen Möwe* zu machen, so mit Entspannung und ohne Tote. Ob das allerdings klappen wird, steht noch in den Sternen, hoch oben über der schönen Nordsee.

EPILOG

Hinercks ist erleichtert, als die Fremden außer Sicht sind. Er ist froh, dass er wieder seinen gewohnten Alltag vor sich hat. *Ich werde es noch geruhsamer angehen lassen*, nimmt er sich vor. *Kein Auto werd ich mehr anfeuern, schneller zu fahren. Wenn mir einer in die Radarkontrolle geht, dann is gut, und wenn nich, dann eben nich.*

Else ist auch froh über die Ruhe, die wieder einkehrt. Es ist doch ganz schön aufregend gewesen, was sich da so alles zugetragen hat. Und dass auch noch ihr Albert damit zu tun hatte, dieses Dummerchen. Der Prozess der Staatsanwaltschaft steht noch aus, aber Else und ihr Doktor schauen der Sache positiv entgegen, sie glauben, dass er mit einer Geldstrafe davonkommen wird.

Nach einigen Wochen denken aber alle, also Hinercks, Helge, Heiko, Friedje, Oma Else und der Doktor: *Mensch, nun könnt aber doch ma wieder was Aufregendes passieren.*

Dies soll sich alsbald auch schon einstellen, denn der Doktor macht Oma Else einen Heiratsantrag, und alle Friesen hinterm Deich lassen natürlich eine Riesenhochzeitsfete steigen, so mit tollem Essen, einem Heißluftballonrundflug und so, und als Überraschung werden die Gevatter Blechschuss eingeladen und spielen die Musik.

Allerdings verträgt nicht jeder das Essen, das eine Catering-Firma aus Husum zubereitet, und tatsächlich wird einer der Gäste vergiftet.

REZEPT

»Tote Oma mit Schüsschen«

Für zwei große Becher Schüsschen-Kaffee:

Man nehme drei Löffel starken Bohnenkaffee auf zwei Tassen Wasser. Der Kaffee wird gekocht und in die Becher geschüttet. Dann wird nach Belieben ein Schuss Rum hinzugegeben. Obenauf kommt stark geschäumte Milch, die mit feinem Kakao bepudert wird.

Ein kleines selbst gebackenes Butterplätzchen dazu reichen, das macht den Rumkaffee verträglicher.

PERSONENREGISTER

Hinercks: Dorfpolizist.

Frauke: Sie ist Hinercks Frau.

Oma Else: Sie führt die Pension Zur Goldenen Möwe. Sie ist mit Doktor Albert Werner liiert.

Albert Werner: Er ist der Doktor vom Norderheverkoog.

Heinz Helge Günther: Biobauer. Er fährt gerne mit seinem Bonanzarad herum. Er hat zwei Felder von Heiko gepachtet.

Heiko: Er besitzt einen Ferienbauernhof. Er hat einige Pferde.

Inge: Sie ist Heikos Frau.

Friedje: Er hat einen Schafshof.

Ella: Sie ist Friedjes Frau.

Helmut Gruber: Toter. Er ist immer grün gekleidet. Er kommt aus Gelsenkirchen. Er jagt daheim im Teutoburger Wald. Er verabreicht dem Naturschutzheini einen Kinnhaken.

Karl-Heinz Ebhard: Toter Naturschutzheini

Peter Großmann: Toter Akquisiteur eines Windkraftunternehmens

Lisa Denkewitz: Kriminalhauptkommissarin, lange Beine, macht Urlaub in der *Goldenen Möwe*. Hansi ist ihr Bruder.

Matz Willdorn: Hinercks Kollege

Gevatter Blechschuss:

Ernst: Er spielt Posaune.

Matthis: Er spielt Trompete.

Berti: Er spielt Quetschkommode, also Akkordeon. Gruber stirbt in seinen Armen.

Hansi: Er spielt Tuba. Er ist Lisa Denkewitz' Bruder.

DANKSAGUNG

Ich danke meiner Familie und meinen Freunden, die mir mit Rat und Tat immer zu Seite stehen: Ihr motiviert mich, glaubt an mich und fordert mich. Durch Euch ist mein Leben reich und schön. Mein spezieller Dank gilt meiner Lektorin Petra Förster, die mit mir am Text gefeilt hat.

SANDRA DÜNSCHEDE
Friesenmilch

978-3-8392-1834-1 (Paperback)
978-3-8392-4925-3 (pdf)
978-3-8392-4924-6 (epub)

»Wie das Land, so die Morde – Kommissar Thamsen und seine Freunde ermitteln erneut in einem brisanten Fall an der rauen Nordseeküste.«

Eine Putzfrau findet Dr. Scholz tot in seiner Praxis. Schnell ist die Todesursache geklärt: ein vergifteter Joghurt der ortsansässigen Meierei in Niebüll. Bei seinen Ermittlungen erfährt Kommissar Thamsen, dass die Molkerei erpresst wird. Doch wer steckt hinter den Drohungen und dem Giftanschlag? Der Sohn des Meiereibesitzers und einige Mitglieder einer Aktivistengruppe geraten ins Visier der Polizei. Doch keiner der Ermittlungsansätze führt zur Lösung des Falls und der Druck wächst rasant, als es ein weiteres Opfer gibt.

META FRIEDRICH
Radieschenheim

978-3-8392-1847-1 (Paperback)
978-3-8392-4951-2 (pdf)
978-3-8392-4950-5 (epub)

»Gegen die Ermittlungsmethoden von Margreta Mai ist kein Kraut gewachsen: Meta Friedrichs erster Garten-Krimi ist luftig leicht und raffiniert wie ein Kräutersoufflé.«

Margreta Mai, stolze Besitzerin des Gartenlokals Radieschenheim im Lübecker Umland, ist entsetzt: Der zweite Vorsitzende des gleichnamigen Kleingartenvereins liegt tot in ihrem Kräuterbeet! Als ihr der knurrige Kommissar Jan Knutsen, der zukünftige Schwiegervater ihrer Tochter Marjolein, dann auch noch den Zutritt zu ihrem eigenen Garten verwehrt, reicht es Margreta. Sie beschließt, auf eigene Faust zu ermitteln und bringt damit nicht nur ihr Radieschenheim in Aufruhr.

GMEINER SPANNUNG

WWW.GMEINER-VERLAG.DE
Wir machen's spannend

Das Neueste aus der Gmeiner-Bibliothek

Unser Lesermagazin

Bestellen Sie das kostenlose Krimi-Journal in Ihrer Buchhandlung oder unter www.gmeiner-verlag.de

Informieren Sie sich …

www … auf unserer Homepage:
www.gmeiner-verlag.de

@ … über unseren Newsletter:
Melden Sie sich für unseren Newsletter an unter www.gmeiner-verlag.de/newsletter

f … werden Sie Fan auf Facebook:
www.facebook.com/gmeiner.verlag

Mitmachen und gewinnen!

Schicken Sie uns Ihre Meinung zu unseren Büchern per Mail an gewinnspiel@gmeiner-verlag.de und nehmen Sie automatisch an unserem Jahresgewinnspiel mit »mörderisch guten« Preisen teil!

GMEINER SPANNUNG

WWW.GMEINER-VERLAG.DE
Wir machen's spannend